FANTASMAS DEL PASADO

por Juan Fernández

Copyright © 2018 Juan Fernández

All rights reserved

ISBN: 9781983114212

CONTENT WARNING

This book is not suitable for children

Sex references, strong language and weird sense of humour used in this book is **UNSUITABLE for children.**

AVISO SOBRE EL CONTENIDO

Este libro no es adecuado para niños

Las referencias sexuales, el tipo de lenguaje y el extraño sentido del humor que se usa en este libro **NO ES ADECUADO para niños.**

Introduction

This book is a Spanish Easy Reader for adult learners with an intermediate or upper-intermediate level of Spanish. It will help you learn, revise and consolidate the vocabulary and grammar of the **level B1** on the **Common European Framework of Reference.**

HABLAR DEL PASADO

This story was originally released as a series of short videos for the online Spanish course HABLAR DEL PASADO. The main purpose of the videos, which feature live narration of the story, was to show the use of the past tenses in context.

The story appeared in the course with the original title of **Juan y María: una historia del pasado.**

I hope **FANTASMAS DEL PASADO** does not disappoint you. I have tried to create an interesting story that you will actually want to read. A story, which, I hope, will catch your attention from the beginning and will keep you motivated till the end. A story you won´t put down easily. A story that may keep you so intrigued you may forget the main purpose you started reading it was to learn Spanish!

Juan Fernández

www.1001reasonstolearnspanish.com

HOW TO READ THIS BOOK

This is a story, not a textbook. Do not approach this book as you would a normal textbook of the kind used in language classes or for self-learning.

The point of reading Easy Reader stories in Spanish is to be exposed as much as possible to the flow of the language and how it works, in a more natural way than the highly-structured and artificial dialogues usually found in textbooks and grammar-vocabulary exercises.

Do not try to figure out what every single word means; do not stop to look up in the dictionary all the words or expressions you do not understand. **Try instead to deduce or infer their meaning in the context of the story**.

Learning to guess what one word or one expression means in context, without looking it up in the dictionary, is a very important skill when reading in a Foreign Language; a skill you should develop little by little by doing lots of reading practice without external help.

If you spend too much time searching for the meaning of words you do not know, reading the story may become very boring for you and finishing the book may seem like a heavy burden.

The main point of reading this book is not to analyse the grammar and the vocabulary too much, but to enjoy the story.

I hope you do!

Juan Fernández

www.1001reasonstolearnspanish.com

CONTENTS

Introduction 7
How to read this book 9

Capítulo 1 13
Capítulo 2 23
Capítulo 3 33
Capítulo 4 45
Capítulo 5 55
Capítulo 6 63
Capítulo 7 75
Capítulo 8 87
Capítulo 9 95
Capítulo 10 107
Capítulo 11 117
Capítulo 12 125
Capítulo 13 137
Epílogo 151

Vídeos en YouTube 163
More Stories 165
Free Online Activities 167
About the autor 168
Before you go 169

Capítulo 1

Miércoles, 10 de julio, por la tarde

Esta mañana, cuando me he levantado… ¿Sabéis qué es lo primero que he hecho esta mañana, en cuanto me he levantado? No, no me he puesto a ver Facebook. No, tampoco me he puesto a consultar el móvil, ni a ver vídeos en YouTube, ni a ver fotografías en Instagram…

Lo primero que he hecho esta mañana en cuanto me he levantado ha sido mirar por la ventana. Sí, he abierto la ventana de mi dormitorio y he mirado fuera. He mirado hacia el cielo y **me he puesto contento**. ¿Sabéis por qué me he puesto contento?

Me he puesto contento porque he visto el cielo. He visto un cielo azul precioso, sin nubes. Y a mí el buen tiempo me pone de buen humor. A mí, el buen tiempo siempre me ha puesto de buen humor.

Y entonces, ¿sabéis qué he hecho? Pues, me he duchado, me he vestido, he desayunado deprisa, me he lavado los dientes, me he afeitado, me he puesto las gafas de sol, he cogido la mochila y he salido de casa.

La verdad es que tendría que haberme quedado a preparar algunas clases y corregir los deberes de mis estudiantes, pero no tenía ganas. Fuera hacía sol, se estaba muy bien y no me apetecía nada quedarme en casa. Al fin y al cabo en Londres no hace buen tiempo muy a menudo y hay que aprovechar los días de sol.

¿Sabéis dónde he ido? He ido al parque, he ido a dar un paseo por el parque. ¿Solo? Sí, yo solo.

He llamado por teléfono a mi amigo Carlos, pero me ha dicho: "Lo siento, pero es que esta noche he dormido muy poco, **no he pegado ojo**. El niño ha llorado toda la noche y ahora **estoy muy hecho polvo**".

La verdad es que a Carlos últimamente lo he visto muy poco. Es mi mejor amigo, pero estos últimos meses apenas nos hemos visto. **Hemos quedado** un par de veces para ir al cine, pero nada más.

Yo lo entiendo. Es que el pobre ahora no tiene tiempo para nada ni para nadie. Solo tiene tiempo para su mujer y para su hijo. Yo lo entiendo. Carlos se ha casado este año y su mujer ha tenido un hijo recientemente. Así que es normal. Yo lo entiendo.

Luego he llamado a Marta, pero me ha dicho: "¡Ay, perdona, Juan, pero estoy muy cansada! Esta semana he trabajado mucho y me he acostado tarde todas las noches. Estoy muy cansada y hoy **quiero quedarme en casa** y descansar".
Marta es traductora. Antes era profesora de español, como yo. Ha sido profesora de español muchos años, pero ahora **se ha hecho traductora**. Creo que ha estudiado un máster en una universidad inglesa, un máster de traducción, y este año se ha puesto a **trabajar independientemente, por su cuenta**.

Me ha dicho que no le va mal, pero que tiene que trabajar por la noche porque de día no tiene tiempo. Por el día tiene que cuidar de la casa, de su marido y de sus hijos. Así que siempre está cansada.

Está cansada y casada. De hecho, me parece que en los últimos seis meses la he visto solo una o dos veces. Yo lo entiendo. Cambiar de trabajo es muy difícil. No es fácil dejar un trabajo y empezar de cero cuando ya no eres joven, estás casada, tienes una familia...

Luego he escrito mensajes a otros amigos por WhatsApp, pero todos me han dado excusas similares. Elena me ha dicho que su marido **se ha puesto enfermo**; Antonio se ha excusado diciendo que los padres de su mujer han venido a pasar unos días con ellos y no puede dejarlos solos; Gloria me ha contestado diciendo que le encantaría ir conmigo al parque, si no se hubiera ido de vacaciones con sus dos hijas a Tenerife…

En fin, todos mis amigos me han dado una excusa para no quedar conmigo. Al final me he visto solo en el parque, rodeado de ardillas, mamás con niños pequeños y parejas de novios jóvenes en busca de rincones solitarios, lejos de la gente…

¿Sabéis qué he hecho? ¿Sabéis qué he hecho en el parque? Pues, me he puesto a caminar. Sí, he dado un paseo, yo solo. Me gusta caminar y normalmente me gusta pasear por el parque, pero hoy, hoy tengo que reconocer que me he puesto un poco triste.

Me he sentido un poco solo. He pensado: "Todos mis amigos tienen pareja, una mujer, un marido, **suegros**…" Y me he sentido un poco solo, la verdad.

Luego me he sentado en un banco y me he puesto a leer. He leído un poco en francés. Me gusta leer en francés. El francés me recuerda mi infancia, cuando iba a la escuela y era feliz como solo son felices los niños.

He visto algunas parejas de novios, **paseando de la mano**, besándose.

Y he escrito. Sí, también he escrito; he escrito un poema. Yo cuando estoy triste escribo poesía. Y hoy en el parque he escrito un poema. No soy muy buen poeta, pero a veces escribo versos. Y la verdad es que he escrito un libro de poesía. Un libro que… Bueno, la verdad es que solo lo ha leído mi madre, pero, bueno, de todas formas puedo decir que, sí, he escrito un libro de poesía y en teoría, al menos en teoría, soy un poeta.

Y después… ¿sabéis qué he hecho después? He vuelto a casa.

Me he levantado del banco donde estaba sentado, he salido del parque y me he puesto a caminar en dirección a mi casa. Mientras caminaba por la calle me sentía un poco solo, un poco triste.

Antes de llegar a casa he pasado por el supermercado y he hecho la compra. Luego, ya en casa, he puesto todas las cosas en el frigorífico y me he puesto a cocinar. No he comido mucho. Solo una ensalada porque hoy ha hecho mucho calor y cuando hace calor yo no tengo ganas de comer. He comido solo, en la mesa de la cocina, y me he vuelto a sentir triste.

Luego he lavado los platos y **me he echado un poco en el sofá** a dormir la siesta, pero no he pegado ojo. No he podido dormir. Me he puesto a pensar y a pensar y a pensar…

Bueno, total, que no he podido dormir la siesta. No he dormido nada. Cuando estoy preocupado no puedo dormir.
Así, que, bueno, ¿sabéis lo que he hecho? Tendría que haberme puesto a preparar algunas clases y corregir los deberes de mis estudiantes, pero no tenía ganas, no me apetecía nada.

Entonces, ¿sabéis qué he hecho? Me he levantado y **me he puesto a limpiar**. He descubierto que cuando estás triste, cuando tienes muchos problemas, cuando tienes muchas preocupaciones, lo mejor es limpiar y ordenar la casa. He descubierto que poner en orden la casa ayuda a poner en orden tus ideas, ayuda a ver las cosas con más claridad y a solucionar los problemas. Pues eso es lo que he hecho esta tarde. Me he puesto a limpiar y a organizar la casa. Y ha funcionado. Mi plan ha funcionado porque ahora me siento mejor.

Pero es que, además, he encontrado algo... ¿Sabéis qué he encontrado? He encontrado algo muy interesante. Algo que me ha gustado mucho. Algo que me ha hecho pensar en el pasado, en mi vida. Algo que me ha traído muchos recuerdos. Esta noche os contaré lo que he encontrado.
¡Hasta luego!

Vocabulario 1

Me he puesto contento: me he alegrado ("ponerse" expresa cambio de humor).
I became happy.

No he pegado ojo: no he podido dormir.
I didn´t sleep a wink.

Estoy muy hecho polvo: estoy muy cansado.
I'm knackered; I'm dead beat.

Hemos quedado: hemos acordado vernos, nos hemos puesto de acuerdo para salir juntos ("quedar con alguien" se usa para concertar una cita con alguien).
We've arranged to see each other; we've agreed to meet or go out together at a certain place and time.

Quiero quedarme en casa: no quiero salir de casa ("quedarse en un lugar" indica que permanecemos en el lugar donde estamos, no vamos a ninguna parte).
I want to stay home.

Se ha hecho traductora: ha cambiado de trabajo, de profesión, y ahora es traductora ("hacerse + profesión" expresa cambio de profesión).
She has become a translator.

Trabajar independientemente, por su cuenta: Trabajar o conseguir algo solo, sin ayuda de nadie.
Working freelance; on her own.

Se ha puesto enfermo: ha caído enfermo, se ha enfermado ("ponerse" expresa cambio en el estado de salud).
(He) fell ill; (he) got sick.

Suegros: los padres del marido o de la esposa.
The parents of one's spouse.

Paseando de la mano: caminando juntos, al mismo tiempo que estamos cogiendo la mano de otra persona.
Strolling hand in hand.

Me he echado un poco en el sofá: me he acostado en el sofá (Normalmente se dice "echarse a dormir" la siesta).
I lay down for a while on the couch.

Me he puesto a limpiar: he empezado a limpiar ("ponerse a" indica el inicio de una acción).
I began to clean.

Capítulo 2

Miércoles, 10 de julio, por la noche

Ya me he acostado. Todavía no me he dormido, pero ya me he acostado. Ya estoy en la cama. Pero no puedo dormir, no puedo dormir porque hoy... hoy ha sido un día especial. Ha sido un día diferente y yo **me he sentido raro**. Ha sido un día raro y yo me he sentido también un poco raro.

Me he pasado toda la tarde viendo este álbum de fotografías. Creo que todavía no os lo he dicho, ¿no? Hoy he encontrado un viejo álbum de fotos, un álbum de fotografías.

He estado toda la tarde limpiando la casa y he encontrado **por casualidad** este viejo álbum de fotos que ahora tengo en las manos. Un álbum viejo con fotografías viejas, con fotografías antiguas de cuando yo era joven.

Fotografías de hace muchos años, de cuando yo era joven y feliz, de cuando no tenía **arrugas** en la cara y estaba delgado. He vuelto al pasado. Ha sido como hacer un viaje en el tiempo. He hecho un viaje en el tiempo al pasado, a mi pasado.

¿Vosotros habéis hecho alguna vez un viaje en el tiempo? ¿Habéis viajado alguna vez al pasado? ¿O al futuro, quizás? Había una película en los años 80 que se llamaba Regreso Al Futuro. ¿La habéis visto? ¿La habéis visto alguna vez? Yo la he visto muchas veces. Cuatro o cinco veces. Normalmente no veo películas de ciencia ficción, pero Regreso Al Futuro la he visto tres o cuatro veces y me encanta; me encanta la idea de viajar al pasado o al futuro.

Me gusta mucho la idea de viajar en el tiempo. Y eso es lo que he hecho hoy: he abierto este álbum de fotos y me he puesto a viajar en el tiempo. He ido al pasado, a los años de mi universidad, a mi infancia, a la casa de mis padres...

Bueno, no sé si todos sabéis qué es un álbum de fotos porque ahora, con Instagram y con Facebook, con Twitter y con todas las redes sociales que han aparecido en los últimos años, ya casi nadie usa álbumes de fotos.

Quizás los más mayores de vosotros habéis tenido alguna vez un álbum de fotos, ¿no? y sabéis de qué estoy hablando, ¿verdad? Me imagino que sí.

Pero ya no lo uso, ¿eh? Yo ya no uso este álbum de fotos; bueno, ni este ni ninguno. Creo que no he abierto un álbum de fotos en los últimos 20 años. ¿Para qué? Ahora que hay Instagram y otras redes sociales no es necesario.

Y he hecho muchas fotos, ¿eh? he hecho muchas fotos en los últimos años. En los últimos 10 o 15 años he hecho muchas fotos, sí, porque me gusta mucho la fotografía.

Ahora tomar fotos es muy fácil, ¿no? Con los teléfonos inteligentes, con las cámaras digitales, es muy fácil tomar fotos. No es como antes. Y yo ahora **ya no los uso**, ya no uso los álbumes de fotos.

Pongo las fotos que hago en Facebook o en Instagram. Este mes por ejemplo he puesto, no sé, quizás he puesto unas 20 o 30 fotografías más o menos. He puesto casi una fotografía por día; casi una fotografía por día he subido a Instagram. Me gusta mucho la fotografía.

Y la verdad es que mis amigos y la gente que me conoce me han dicho que últimamente he hecho fotografías muy bonitas.

En fin, no sé si vosotros habéis tenido alguna vez un álbum de fotos o no. Los que sois de mi edad me imagino que sí. Y si nunca, si nunca habéis tenido un álbum de fotos, bueno, pues, digamos que es como un libro, es como un libro con muchas páginas, pero en lugar de palabras hay fotografías, fotografías de papel **pegadas con pegamento**, ¿de acuerdo?

En resumidas cuentas, ahora estoy aquí en la cama con este album de fotos en las manos. Y me ha traído muchos recuerdos. Lo he abierto y ha sido como viajar en el tiempo. He vuelto a la casa de mis padres, he vuelto a mi infancia, he vuelto a vivir con mis amigos en Granada, he vuelto a ir a la universidad... Ha sido muy emocionante.

Yo siempre he pensado, siempre he pensado que mirar al pasado **no vale la pena.** Nunca me han gustado las personas que miran demasiado hacia el pasado, las persona nostálgicas. A mí siempre me ha gustado mirar hacia el futuro, siempre me ha gustado soñar con las cosas del futuro, con la vida del futuro. Nunca me ha gustado mirar al pasado.

¿Habéis conocido personas así? ¿Habéis conocido alguna vez personas nostálgicas, personas que piensan que el pasado siempre fue mejor que el presente, personas que piensan que cualquier tiempo pasado fue mejor que el momento presente? Seguro que sí, seguro que sí porque hay muchas personas así. Pero yo nunca he sido así, nunca he sido muy nostálgico, nunca me ha gustado mirar demasiado hacia el pasado. Me ha gustado siempre mirar hacia delante. Nunca me ha gustado mirar hacia atrás.

Pero hoy he abierto este álbum de fotos y he viajado al pasado. He viajado hacia atrás, hacia mi pasado, hacia mi infancia, hacia mi juventud.

He vuelto a vivir con mis padres, he vuelto a vivir con mis hermanos, he vuelto a vivir en la casa del pueblo de mis padres, he vuelto a jugar con mis amigos en la calle, he vuelto a la escuela, he vuelto a ver a mis profesores, he vuelto a la universidad, he vuelto a mi piso de estudiante. Hoy he vuelto a mi infancia, he vuelto a mi juventud y he vuelto a verla a ella…

Sí, también he vuelto a verla a ella. A ella, a María. Sí, hoy, por primera vez en muchos años, he vuelto a verla aquí, en una fotografía, una fotografía con los colores desteñidos, apagados, una fotografía vieja. He vuelto a verla, he vuelto a ver su sonrisa.

¿Vosotros habéis estado enamorados alguna vez? Hablo de un amor de verdad, hablo de "amor-pasión". ¿Habéis estado enamorados así alguna vez? ¿Habéis sentido ese amor-pasión alguna vez? ¿Os habéis enamorado alguna vez con pasión, con locura? Me imagino que los más mayores, sí. Me imagino que los más mayores de entre vosotros ya os habéis enamorado apasionadamente, ¿no? Quizás más de una vez.

Pero muchos otros quizás no. Quizás los más jóvenes todavía no os habéis enamorado así, quizás todavía no os habéis enamorado con pasión, con locura, de esta manera apasionada.

Yo me he enamorado varias veces en mi vida, pero así, de esa manera salvaje, con locura, me he enamorado solamente una vez. Sí, solamente una vez. Solamente una vez en toda mi vida.

Es curioso. En los últimos meses había pensado en ella, en María, muchas veces. Sí. No sé por qué. No sé por qué, sí, pero es verdad, durante las últimas semanas me he preguntado varias veces dónde está, qué hace, si se ha casado, si sigue soltera, si ha tenido hijos, si ha sido feliz sin mí. Si ha sido feliz todos estos años, desde que dejamos de salir juntos.

También tengo que confesar que recientemente la he buscado en Facebook y también he escrito su nombre en Google. Pero nunca he encontrado nada sobre ella. Nunca he encontrado nada sobre qué ha hecho estos años, sobre dónde ha vivido. Nada. Un misterio.

Y hoy, por casualidad, he abierto este viejo álbum de fotos y la he visto, la he visto por primera vez en todos estos años. ¡La he vuelto a ver! ¡Después de todos estos años la he vuelto a ver hoy!

Y aquí estoy. Es muy tarde, pero no puedo dormir. Ya me he acostado, pero todavía no me he dormido. Me he puesto a mirar estas viejas fotografías y todavía no me he dormido, todavía no he podido dormir.

Hoy ha sido un día especial, un día diferente. Ha sido un día raro y yo me he sentido también un poco raro.

Desde que he abierto este álbum y me he puesto a mirar fotografías no he podido dejar de pensar en ella, en María.

Y ahora no sé si voy a poder dormir porque estoy pensando en ella todo el tiempo. **Estoy dándole vueltas a la cabeza**, al pasado, a mis años de la juventud y además, además estoy un poco nervioso. Estoy un poco nervioso porque he descubierto otra cosa.

Entre las páginas del álbum, entre las páginas de este album viejo he descubierto un número de teléfono. Sí, he descubierto un número de teléfono, un viejo número de teléfono.

No, no es el número de teléfono de María, no, no, no… sino el de sus padres. Es el número de teléfono de sus padres. Lo he encontrado aquí, escrito detrás de una foto, detrás de una fotografía. Ha estado aquí escondido, olvidado, durante muchos años.

Y ahora, bueno, ahora, no sé, cuando lo he visto he pensado, ¿por qué no? ¿por qué no llamarles? ¿por qué no contactarles y preguntarles qué ha pasado con María, dónde está, qué ha hecho estos años, si se ha casado, si ha tenido hijos…?

Quizás ellos me puedan decir cómo contactarla, cómo ponerme en contacto con ella; tal vez puedan darme su número de teléfono, decirme dónde vive, dónde está…

La verdad es que me gustaría saber de ella, qué ha hecho durante todos estos años, si ha sido feliz, si ha sido feliz sin mí, si ha tenido hijos, si se ha casado, si se ha enamorado, si ha pensado en mí **de vez en cuando**…

Bueno, ahora ya **se ha hecho muy tarde**, pero mañana, mañana por la mañana los llamaré. Puede ser una buena idea.

Desde que he abierto este álbum no he dejado de pensar en ella, en María. Pero tengo que intentar dormir, si no mañana estaré hecho polvo.

En fin, voy a apagar la luz.

¡Buenas noches!

Vocabulario 2

Me he sentido raro: me he sentido extraño.
I have felt weird.

Por casualidad: al azar, por suerte, por fortuna, sin haberlo previsto.
By chance; by coincidence.

Arrugas: marcas en la piel provocadas por el paso del tiempo, al envejecer.
Wrinkles.

Ya no lo uso: antes lo usaba, pero ahora no ("ya no" quiere decir que algo que pasaba en el pasado, ahora no pasa).
I don't use it anymore.

Pegadas con pegamento: unidas, adheridas con cola, con goma ("pegamento" es un producto para "pegar", para adherir dos cosas).
Stuck (attached) with adhesive.

En resumidas cuentas: total, en resumen, como estaba diciendo.
In short; in a nutshell.

No vale la pena: no merece el esfuerzo, no es rentable.
It isn't worth the trouble.

Estoy dándole vueltas a la cabeza: "dar vueltas a la cabeza" quiere decir pensar mucho en algo, casi de forma obsesiva.
I'm turning it over and over in my mind.

De vez en cuando: a veces

From time to time; every now and then.

Se ha hecho muy tarde: "hacerse" se usa para expresar el paso del tiempo (hacerse tarde, hacerse de día, hacerse de noche, etc.).

It has gotten very late.

Capítulo 3

Martes, 16 de julio, por la mañana

La semana pasada encontré la foto de María, mi antigua novia, en un viejo álbum de fotos que me trajo muchos **recuerdos**.

Encontré también un número de teléfono, el teléfono de sus padres.

Cuando vi todas aquellas fotos antiguas empecé a recordar el pasado y **me dieron muchas ganas de volver a verla**. Así que decidí llamar por teléfono a sus padres y preguntarles por ella, cómo está, si se ha casado, si ha tenido hijos, si ha sido feliz todos estos años sin mí…

La verdad es que aquella noche me puse muy nervioso y no pude dormir muy bien. Casi no pegué ojo.

Al día siguiente, jueves, me desperté muy temprano, al amanecer. **A eso de** las cinco y media de la mañana ya estaba en pie.

Me levanté de la cama y fui al cuarto de baño. Me duché, me afeité, me vestí y luego fui a la cocina para desayunar.

No recuerdo lo que hice después. Estaba muy nervioso, casi angustiado, y hacía las cosas **sin darme cuenta** realmente de lo que hacía. Estaba como ausente, perdido en mis pensamientos.

Sí recuerdo que a eso de las nueve y diez de la mañana llamé a mi jefe por teléfono y le dije: "estoy enfermo, lo siento, pero tengo que quedarme en casa".

No me gusta decir mentiras. Nunca me ha gustado decir mentiras. De hecho, creo que nunca he faltado a mi trabajo. En todos estos años, en todos los años que llevo trabajando en la Universidad, nunca he faltado a una clase, nunca he faltado a una clase por enfermedad, ni siquiera una vez.

Pero aquel día…

Aquel día fue diferente.

Decidí quedarme en casa y ponerme en contacto con María.

En cuanto cogí el teléfono, el móvil, me puse aún más nervioso de lo que estaba. Tuve miedo. Sí, en aquel momento tuve miedo.

Es comprensible, ¿no? Han pasado muchos años desde la última vez que la vi. No es fácil volver a escuchar, después de tanto tiempo, la voz de la persona que una vez amaste. No, no es fácil.

Además, yo nunca les gusté a sus padres. Bueno, quiero decir a su padre. **Yo a su madre le caía bien**, pero a su padre no. Creo que una de las razones por las que María y yo cortamos, **dejamos de salir** juntos, fue porque su padre le habló mal de mí. No sé por qué, pero nunca le gusté a aquel hombre. **Nunca me llevé bien con él.** Le caí mal desde el principio, no sé por qué.

Con su madre, en cambio, no tuve nunca ningún problema. Creo que a ella le caí bien desde el principio.

En fin, me puse a pensar en todas estas cosas y **acabé poniéndome muy nervioso.** Me dio mucho miedo. Me dio miedo y vergüenza. Pero de todas formas lo hice.

Esto es lo que hice:

Primero cogí el teléfono y marqué el número de sus padres. Tuve miedo. Pensé: "Quizás han cambiado el número, tal vez ya no vivan en aquella casa, quizás se han mudado de casa o de ciudad…"

De repente se oyó un ruido en el teléfono y una voz de hombre dijo: "¿Sí? ¿dígame?".

Reconocí enseguida aquella voz. Era la voz de su padre, del padre de María.

"Hola", dije yo. "Perdone que le moleste, pero…"

"¿Quién es?", preguntó él con un tono de voz serio. Parecía enfadado. Por un momento pensé que quizás estaba durmiendo y yo lo había despertado.

"Perdone, perdone, me llamo Juan, soy…" Empecé a decir yo, pero él enseguida me interrumpió:

"Juan, ¿qué Juan? ¡Yo no conozco a ningún Juan! ¡Se ha equivocado de número!"

"No, no, perdone, hace muchos años, han pasado muchos años… yo, yo…"

"¡Explíquese! ¿Qué quiere? ¡Hable claro, hombre, que estoy muy ocupado y no puedo perder el tiempo!" -dijo el padre de María, que se estaba enfadando cada vez más.

"Soy un antiguo amigo de su hija, de María…" -le dije yo, finalmente.

Dije "amigo", no sé por qué. **Me dio un poco de vergüenza**, supongo; me dio un poco de vergüenza decir "novio" y por eso dije "amigo".

Durante unos segundos no se oyó nada. Pensé: "Ha colgado, ha colgado el teléfono", pero no. Unos segundos después oí su voz otra vez:

"Se ha equivocado de número", me dijo. Su voz ahora se había vuelto muy fría y seca.

-¿Cómo? –dije yo.

-Yo no conozco a ninguna María. Aquí no vive nadie con ese nombre.

-Pero, pero…

Y después, nada. **El tipo** colgó sin decir nada más.

Me quedé muy sorprendido.

"Es su padre, estoy seguro", me dije.

"¿Por qué me ha mentido?", me preguntaba; pero no supe qué responderme, no encontraba ninguna respuesta lógica.

Es verdad que el padre de María y yo nunca nos llevamos muy bien, que nunca le gusté demasiado, pero, en fin, han pasado ya tantos años. Yo ya no soy aquel joven de 23 años. Si hice algo malo, si hice algo que a él no le gustó, ya debería haberlo olvidado, ¿no?

Me levanté y me puse a preparar un café. Me puse muy triste. No sabía qué hacer.

Unos minutos después volvió a sonar el teléfono. No reconocí el número, pero de todas formas contesté.

-¿Diga? -dije yo.

-Juan, soy yo, ¿cómo estás?

Reconocí enseguida la voz, la voz de la madre de María.

Luego me dijo:

"Perdona a mi marido, Juan. No está bien. **Se ha vuelto un poco cascarrabias.** Siempre fue cascarrabias, también de joven, pero ahora, de viejo, es peor, mucho peor".

Me dio mucha alegría hablar con ella, con la madre de María. Siempre me cayó bien aquella mujer. Siempre fue muy simpática conmigo y recuerdo que se puso muy triste cuando María y yo dejamos de salir.

Le pregunté por su hija y… ¿Sabéis qué me dijo? Me dijo que María había dejado el trabajo el año pasado en octubre y que en enero de este año se vino a Londres. Eso es lo que me dijo. Me dijo que **María lleva desde enero de este año viviendo en Londres**.

¿No es **alucinante**? **Me quedé de piedra**. ¡Me puse muy contento, me puse muy contento y muy nervioso! ¡María en Londres! María está aquí, muy cerca.

Le pedí el número de teléfono y ella me lo dio. Sin problemas. Me dio también su dirección de correo electrónico.
Y luego añadió: "Han pasado tantos años desde la última vez que os visteis, que quizás sea mejor que la contactes primero por correo electrónico."

"Es verdad, tiene razón", pensé yo. Luego le di las gracias por su ayuda.

De repente se echó a reír: "¡Jajaja! ¡He visto los videos que haces en YouTube! ¡Son muy divertidos! Has cambiado mucho, Juan. ¡Cuando salías con María parecías siempre tan serio, tan aburrido! Me alegro de que hayas cambiado".

¡Qué vergüenza! ¡La madre de María había visto mis videos en YouTube! Me dio un poco de vergüenza, la verdad. Algunos amigos me han dicho que ya soy demasiado viejo para hacer videos en YouTube, que ya no soy un chaval joven, que ya no tengo 16 años, que no es serio, que debería dejarlo…

De repente se oyó la voz de su marido detrás de ella, malhumorado: "¿Con quién hablas? ¿Qué haces?"
Entonces, la madre de María me dijo: "¡Tengo que colgar, mi marido ha vuelto, pero, oye, Juan, una cosa, no le digas a María que yo te he dado su número, por favor!"
Y colgó el teléfono. No tuve tiempo de despedirme. Todo pasó muy deprisa.

Eso fue la semana pasada, el jueves, el jueves por la mañana. El resto del día lo pasé dándole vueltas a la cabeza, yendo de una habitación a otra, nervioso, intranquilo, pensando qué hacer.

Y por la noche apenas pude pegar ojo. ¡Demasiadas emociones en un solo día!

Es comprensible, es normal. Después de ver la foto de María en el album y después de hablar con sus padres por teléfono, me había quedado muy nervioso, muy intranquilo.

Pero poco a poco me fui dando cuenta de que tenía muchísimas ganas de volver a verla, de saber cómo está, de saber qué ha hecho todos estos años, si se ha casado, si ha tenido hijos, si ha sido feliz sin mí. Poco a poco me fui dando cuenta de que la echaba de menos, de que **siempre la he echado de menos**.

Voy a escribirle un correo ahora mismo.

Vocabulario 3

Recuerdos: situaciones, escenas, personas u objetos de nuestro pasado que han quedado impresos en nuestra memoria.
Memories.

Me dieron muchas ganas de volver a verla: me apeteció / sentí el deseo de verla de nuevo ("dar ganas de": apetecer algo, sentir el deseo de hacer algo).
(They) gave me a strong desire to see her again.

A eso de las cinco y media de la mañana: alrededor de las cinco y media de la mañana.
At around five thirty in the morning.

Sin darme cuenta: sin ser consciente de ello ("darse cuenta": advertir, notar, enterarse de algo).
Without (my) realizing.

Aún más: Todavía más, incluso más.
Even more.

Yo a su madre le caía bien: yo le gustaba a su madre ("caer bien / mal a alguien": gustar / no gustar a alguien).
Her mother always liked me.

Dejamos de salir: terminamos nuestra relación ("dejar de": interrumpir, abandonar, terminar una actividad).
We broke up.

Nunca me llevé bien con él: nunca tuve una buena relación con él ("llevarse bien / mal con alguien": tener una buena o mala relación con alguien).

I never got along well with him.

Acabé poniéndome muy nervioso: al final estaba muy nervioso.

I ended up getting really nervous.

Me dio un poco de vergüenza: me sentí en embarazo, inhibido.

It made me feel a little embarrassed.

El tipo: el hombre, el individuo.

The guy.

Cascarrabias: irritable, gruñón, malhumorado.

Grouch; curmudgeon

Se ha vuelto un poco cascarrabias: se ha convertido, se ha transformado en un cascarrabias ("volverse" expresa cambio negativo de la personalidad).

He has turned into a bit of a grouch (curmudgeon).

María lleva desde enero de este año viviendo en Londres: María vive en Londres desde enero ("Llevar + gerundio": tiempo transcurrido).

María has been living in London since January of this year.

Alucinante: muy soprendente.

Very surprising; mind-blowing.

Me quedé de piedra: me soprendí mucho.

I was stunned.

Siempre la he echado de menos: siempre la he extrañado, la he añorado ("echar de menos": extrañar algo o a alguien, añorar).

I have always missed her.

Capítulo 4

Martes, 16 de julio, por la noche

¿Vosotros creéis en el destino? Yo sí. Yo creo que el destino nos ha vuelto a unir, a María y a mí, otra vez, como hizo hace más de veinte años.

En todos estos años que llevo viviendo en Londres, nunca he vuelto a pensar en María. He estado siempre preocupado por mi trabajo, por aprender inglés, por el día a día en una ciudad tan grande como Londres.

Y **tengo que confesar** que poco a poco me he olvidado de España, de mis antiguos amigos y de ella, de María. Sí, de María también. No recuerdo cuándo, pero un día **dejé de pensar en ella**.

Y así ha sido hasta... hasta este año, hasta hace unos meses. Hace unos meses, no sé por qué, empecé a pensar en ella otra vez. Y hace unos días, por **casualidad**, la semana pasada, por suerte, encontré un viejo álbum de fotos con el número de teléfono de sus padres.

¡Qué casualidad! ¡Qué suerte!

Si no llego a encontrar el álbum de fotos y el número de teléfono de sus padres, ahora no sabría que María está en Londres desde enero, ¿no?

¡Qué casualidad! ¡Qué suerte!
¿Casualidad? ¿Suerte?

Bueno, la verdad es que yo no creo en la casualidad, ni en la suerte. Yo creo que detrás de todo lo que nos pasa hay siempre una razón, a veces oculta, misteriosa, desconocida, incomprensible, pero siempre hay una razón.

Yo creo que es el destino. Yo creo que es el destino el que ha vuelto a unirnos, como ya lo hizo en España, en los años ochenta, cuando nos conocimos. Sí, en los años 80, a fines de los años 80, el destino nos unió y ahora ha vuelto a hacerlo.

Si no es el destino, ¿cómo se explica entonces lo que ha pasado? ¿Casualidad? ¿Suerte? No, yo creo que es el destino. El destino siempre ha querido que María y yo estemos juntos.

Fue su padre el que nos separó, fue su padre el que rompió nuestra relación…

Nunca le caí bien, nunca le gusté, y por eso hizo todo lo que pudo para hacer fracasar nuestra relación de pareja. Ahora lo he entendido, ahora me he dado cuenta de todo. Fue su padre el que nos separó.

Pero, bueno, eso fue hace muchos años. **¡Ya ha llovido mucho desde entonces!** ¡Ha pasado mucho tiempo!

María y yo nos conocimos en la universidad y tengo que reconocer que me enamoré de ella **en cuanto** la vi por primera vez en clase. Pero **eso ahora no importa**. Ya os contaré otro día cómo la conocí y cómo me enamoré de ella.

Lo importante es que hoy le he escrito a María. Le he escrito un correo electrónico diciéndole que he sabido que vive en Londres y que me gustaría verla para recordar **los viejos tiempos**. Es un correo electrónico corto, sencillo.

Es corto, pero **he tardado dos horas** en escribirlo. Lo he escrito diez o doce veces hasta encontrar las palabras adecuadas. ¡No es fácil escribir un correo a alguien al que hace ya más de 20 años que no has visto!

Este es el correo que le he escrito a María esta tarde:

¡Hola María!

Soy Juan.

Te escribo porque he sabido que llegaste a Inglaterra en enero y que ahora estás viviendo en Londres.

¡Qué guay!

Cuando me lo dijeron me quedé de piedra. Fue una gran sorpresa y me dio mucha alegría. Me gustaría saber cómo estás, qué has hecho todos estos años, por qué te has venido a Londres tú también.

Supongo que has intentado ponerte en contacto conmigo, pero no has podido. Sí, **es mi culpa***, lo reconozco. Cuando tú y yo nos separamos lo pasé muy mal y decidí olvidarme de mi vida anterior en España. Por eso no volví a llamarte y desaparecí.*

Corté con todo y con todos. *No solo contigo. También corté con mis amigos y casi casi con mi familia. De hecho, la última vez que hablé con mis padres fue en Navidad.*

Pero ahora que sé que estás aquí, en Londres, **me muero por verte.** *Llevo unos días pensando en ti y me he dado cuenta de que el destino ha vuelto a unirnos, ¿no crees?*

Dime cuándo te va bien y quedamos un día, ¿de acuerdo? A mí me va bien cualquier día porque ahora estoy de vacaciones.

¡Venga, un beso y hasta pronto!

Tengo muchísimas ganas de volver a verte.

¡Hasta muy pronto, cariño!

Juan Fernández

Este es el correo que le he escrito. Se lo he mandado hace un rato. Ahora solo espero su respuesta. La verdad es que me he puesto muy nervioso.

Me ha costado mucho trabajo encontrar **las palabras justas**, pero al final creo que no me ha salido mal, ¿no?

Me imagino su cara cuando lo lea. Se va a quedar de piedra ella también. Probablemente no se imagina que yo he averiguado que está aquí. Probablemente piensa que yo ya me había olvidado de ella. Las mujeres son así. Creen que los hombres no somos románticos, que no nos enamoramos, que no creemos en el amor.

Pero, pero… ¡Un momento! ¿Qué veo? ¡si, sí, sí, sí!

¡Me ha llegado un correo de María! ¡Me acaba de llegar un correo de María! ¡Me ha contestado! ¡Me ha respondido al correo que le mandé hace un rato! **¡Qué rapidez!** ¡Hace tan solo media hora que le mandé el correo y ya me ha contestado!

A ver, a ver, a ver qué dice… ¡Estoy muy nervioso! ¡Me he puesto muy nervioso! ¡Qué nervios! ¡Voy a abrirlo, voy a abrirlo ahora mismo! Os leo lo que dice:

Estimado señor Fernández,
Lo siento, pero creo que le han dado la dirección de correo equivocada. Yo no conozco ni he conocido nunca a nadie llamado Juan. Si vuelve usted a **molestarme** *llamaré a la Policía.*

Saludos,
María Gómez

¡Esto es muy raro!

¡No es posible!

¡Aquí hay gato encerrado!

¿Cómo es posible que no me recuerde?

¿Se ha olvidado completamente de mí?

¿No fui nada para ella?

No, no es posible, aquí hay gato encerrado.

Aquí hay algo misterioso, extraño...

Tengo que averiguar qué le ha pasado.

Tengo que averiguar qué le ha pasado a María y por qué me ha dado esa respuesta tan extraña.

¡Tengo que hablar con ella!

¡Sí, eso es, voy a llamarla por teléfono!

Ya sé que su madre me dijo: "No la llames por teléfono, mándale un email", pero no. Tengo que llamarla por teléfono, hablar con ella y descubrir por qué me ha mandado este correo tan estúpido.

¡Señor Fernández! ¡Me ha llamado "señor Fernández"! ¡A mí! ¡A mí, que he sido el amor más importante de su vida!

No, ella no se ha olvidado de mí. No, eso es imposible. No puede haber olvidado a una persona que fue tan importante para ella. Tiene que ser un error.

Voy a llamarla, voy a llamarla ahora mismo.

Bueno, ahora ya es muy tarde. Se ha hecho muy tarde.

La llamaré mañana. Sí, creo que es mejor que espere a mañana. La llamaré mañana, la llamaré mañana por la mañana en cuanto me levante.

Aunque, la verdad, no creo que esta noche pueda dormir muy bien después de haber leído ese estúpido correo que me ha mandado.

Vocabulario 4

Tengo que confesar: tengo que admitir, tengo que ser sincero.
I must confess.

Dejé de pensar en ella: me olvidé de ella, no pensé más en ella.
I stopped thinking about her.

Casualidad: azar, suerte.
chance, luck, coincidence.

Ya ha llovido mucho desde entonces: ya ha pasado mucho tiempo.
A lot of water has flowed under the bridge since then.

En cuanto: justo en aquel momento, inmediatamente.
As soon as.

Eso ahora no importa: eso no es importante en este momento.
That doesn't matter now.

Los viejos tiempos: el pasado.
Old times.

He tardado dos horas: he empleado mucho tiempo, me ha llevado mucho tiempo.
It took me two hours.

¡Qué guay!: ¡Qué bien! ¡Fantástico!
That's so cool!

Es mi culpa: es por mi causa, yo soy el responsable.
It's my fault.

Corté con todo y con todos: cambié de vida, dejé de hacer lo que hacía antes y dejé de estar en contacto con las personas que me conocían.

I cut ties with everything and everyone.

Me muero por verte: tengo un gran deseo de verte.

I'm dying to see you.

Me ha costado mucho trabajo: he tenido que hacer un gran esfuerzo.

I went to a lot of trouble.

Las palabras justas: las palabras adecuadas, el modo apropiado de decir algo.

Just the right words.

¡Qué rapidez!: ¡Qué rápido! ¡Qué velocidad!

That was fast!

Molestar: fastidiar, incomodar, irritar, importunar.

To bother (someone).

¡Aquí hay gato encerrado!: aquí hay algo sospechoso, algo extraño. No es lo que parece.

There's something fishy going on around here.

Capítulo 5

Viernes, 19 de julio, por la tarde

Fue terrible. Me sentí muy mal.

Cuando me enteré de que María lleva en Inglaterra desde enero, cuando supe que lleva varios meses viviendo en Londres, le escribí un correo electrónico y le dije que yo también estoy aquí, en Londres, y que...

Bueno, le dije: "Si quieres podemos quedar." No recuerdo si esas fueron exactamente las palabras que usé, pero, bueno, eso es, más o menos, lo que le dije. Le escribí para quedar, para vernos.

Me parece normal, ¿no? Salimos juntos, **fuimos novios**...

De hecho, yo creo que he sido el amor más importante de su vida, bueno, no sé, no sé realmente si desde que dejamos de salir… Bueno, en realidad no sé si desde que rompimos ha tenido otros novios; no sé si se ha vuelto a enamorar desde que nos separamos. ¡Me imagino que sí! Es normal. Yo también me he enamorado algunas veces, unas cuantas veces, desde que vine a Londres. Pero nunca nunca nunca me he vuelto a enamorar de esa manera apasionada como me enamoré de ella, de María.

María ha sido el gran amor de mi vida, lo reconozco y estoy seguro, sí, estoy seguro, de que yo también he sido el gran amor de su vida. Estoy seguro.

María y yo fuimos siempre muy felices juntos. Nos lo pasamos siempre muy bien el uno con el otro. Nos llevamos siempre muy bien. Ella no fue solo mi novia, no. Ella fue además mi compañera, mi amiga, mi amante, mi hermana, mi madre…

Nunca discutimos, nunca tuvimos ningún problema serio. Desde que empezamos a salir hasta que rompimos nuestra relación, hasta que nos separamos, nunca tuvimos ningún problema serio, siempre estuvimos de acuerdo en todo, por lo menos en las cosas importantes.

A los dos nos gustó siempre leer, viajar, ir al cine… Desde el primer día íbamos siempre juntos a todas partes. No nos separábamos nunca, ni un solo día.

Recuerdo que algún amigo me dijo: "¡Te vas a aburrir. Te vas a aburrir de María. Pasáis demasiado tiempo juntos!"

Nunca hice caso de lo que me decían mis amigos. Nunca me aburrí de estar con María. María fue siempre una persona interesante, divertida, llena de vida, sorprendente, creativa… ¡Yo la encontré siempre fascinante! ¡Nunca me aburrí con ella! ¡Nunca!

Por eso me sorprendió mucho el correo que me escribió. ¿Os acordáis? Respondió a mi email tratándome de usted (me llamó "señor Fernández") y me dijo algo así como: "Yo no he conocido nunca a nadie llamado Juan. Usted se ha equivocado. Yo no lo conozco".

Un email rarísimo. Me mandó un email muy extraño. Absurdo. Por eso decidí llamarla por teléfono y **averiguar** qué le ha pasado a María. Porque estoy seguro de que algo le ha pasado.

No sé qué, pero estoy seguro de que algo le ha pasado. Incluso he llegado a pensar que tal vez María haya tenido un accidente y ha perdido la memoria; que quizás se haya vuelto amnésica y ahora no se acuerde de nada.

También se me ha pasado por la cabeza la idea de que quizás la hayan **secuestrado**.

Su email, el email que María me envió, me pareció tan raro que he llegado a pensar que quizás alguien la ha secuestrado y que la persona que respondió a mi correo electrónico es, en realidad, el **secuestrador**.

Quizás el secuestrador, el **tipo** que mantiene secuestrada a María, me ha escrito ese email tan absurdo para que deje de molestar y me olvide de ella. Tal vez, quizás, quién sabe.

En fin, no sé... **Tal vez** estoy exagerando. Sí, creo que estoy exagerando un poco. Últimamente he visto muchas series de misterio y suspense en la televisión y ahora veo misterios y crímenes por todas partes a mi alrededor, en la vida real.

Tal vez tendría que dejar de ver tantas series de misterio y suspense en la tele. Quizás me estoy obsesionando un poco. Tengo que aprender a distinguir la realidad de la ficción. La realidad, la vida real, la vida cotidiana de cada día, es mucho más aburrida de lo que parece en la televisión.

Yo he tenido siempre demasiada imaginación. De hecho, de niño, y también más tarde, de joven, en la universidad, siempre trabajé en actividades relacionadas con el teatro, la literatura, el cine… Siempre me gustó imaginar historias. Tuve siempre mucha imaginación. Quizás demasiada.

Seguramente hay una explicación muy sencilla. **Seguramente**. Pero **no acabo de entender** qué le ha podido pasar a María para responderme diciendo que no me ha conocido nunca, que no sabe quién soy.

En fin, para aclarar este misterio decidí llamarla por teléfono. La llamé al día siguiente por la mañana, pero no respondió. La volví a llamar más tarde, al mediodía, pero tampoco tuve suerte. El teléfono daba la señal de llamada, pero nadie contestaba. Volví a llamar varias veces a lo largo del día, pero nadie cogía el teléfono, nadie respondía.

A eso de las diez de la noche, ya cansado, volví a llamar otra vez. Esta vez dejé un mensaje en el buzón de voz:

Hola, María, ¿qué tal? Soy yo, Juan. He leído tu email y la verdad es que me ha sorprendido mucho. Dices que no me conoces, que nunca has conocido a nadie llamado Juan… ¡Que nunca tuviste un novio de nombre Juan!

¿Por qué me has dicho eso? ¿Por qué me has mentido? Sí, sé que mientes, pero me gustaría saber por qué.

¿Qué te ha pasado? ¿Estás bien? Estoy realmente preocupado. He empezado a pensar que estás enferma, que has tenido un accidente y has perdido la memoria o que quizás te hayan secuestrado…. Ya sé que es una tontería, pero por favor, llámame y dime cuándo podemos quedar. Creo que tenemos que hablar.

Bueno, este es el mensaje que le dejé en su buzón de voz. Eso fue anteayer. Le dije: "Llámame". Han pasado dos días y todavía no me ha llamado.

No, no me ha llamado, pero hace un rato he abierto el correo electrónico y he visto que me ha vuelto a escribir. Sí, me ha escrito otra vez.

Esto es lo que me ha escrito:

Hola, Juan,

No, no estoy enferma, ni he perdido la memoria y tampoco me han secuestrado. Si quieres hablar conmigo, te espero el próximo lunes a las diez y media de la noche en Whidborne Street.

Ven solo. No quiero que nadie nos vea juntos. Si vienes con alguien, no iré a la cita.

María

¡Menos mal! Por lo menos ahora ya ha reconocido que me conoce. Menos mal. Por lo menos hemos dado un paso hacia adelante. Y ha dicho que quiere verme. ¡Bien! ¡Estupendo!

He mirado en Google dónde está esa calle, Whidborne Street. No está demasiado lejos de mi casa, pero me parece un lugar extraño para una cita. Parece una calle estrecha, solitaria. Y a esa hora, a las diez y media de la noche, no creo que haya mucha gente caminando por la calle en esa zona de la ciudad.

En fin, todo esto me parece un poco raro, un poco misterioso… pero tengo que ir. No tengo alternativa. Tengo que saber qué le ha pasado a María.

Vocabulario 5

Fuimos novios: fuimos pareja, salimos juntos.

We were a couple.

Nunca hice caso de lo que me decían mis amigos: nunca seguí los consejos de mis amigos.

I never paid heed to what my friends said to me.

Averiguar: descubrir, investigar, explorar…

To find out.

Secuestrar: retener a alguien contra su voluntad.

To kidnap.

Secuestrado: persona que es retenida contra su voluntad.

The kidnapped person.

Secuestrador: persona que retiene a otra persona contra su voluntad.

The kidnapper.

Tipo: hombre, individuo.

Guy.

Tal vez: quizás.

Maybe; perhaps.

Seguramente: probablemente.

Very likely.

No acabo de entender: todavía no entiendo completamente.

I still don´t understand.

A eso de las diez de la noche: alrededor de las diez de la noche.*At around ten o'clock at night.*

Capítulo 6

Jueves, 25 de julio, por la tarde

Ya lo he dicho: la cita con María era el lunes. El lunes a las diez y media de la noche. A mí me pareció un poco extraño quedar a esa hora, pero, claro, no podía decirle que no. Tenía que ir. Tenía que ir y fui.

Yo llegué al lugar de la cita un poco antes. Creo que cuando bajé del metro eran las diez y diez, más o menos. No había mucha gente por la calle. Era lunes y el lunes no es un buen día para salir. Casi todo el mundo suele irse pronto a casa después del trabajo, a descansar del fin de semana.

La calle donde esperaba ver a María se llamaba Whidborne Street. No sabía dónde estaba esa calle y había tenido que buscarla en mi teléfono. Tenía suerte: no estaba lejos de la estación del metro.

Estaba un poco nervioso. Bueno, si tengo que ser sincero, estaba muy nervioso.

La cita con María era en el centro de la ciudad, pero se trataba de un **barrio** oscuro, de calles estrechas y solitarias que yo no conocía bien.

Había muchos **edificios** de oficinas, pero a esas horas ya no quedaba nadie trabajando y todas las luces estaban apagadas. Ese barrio, de día, era muy diferente. **Había un montón de gente** y muchas tiendas. Sobre todo había tiendas de comida rápida para los empleados de las oficinas, pero a esas horas ya no quedaba casi nadie trabajando y todas las tiendas estaban cerradas.

Y yo estaba solo. El último correo de María decía: "Ven solo. No quiero que nadie nos vea juntos. Si vienes con alguien, no iré a la cita." Así que yo estaba solo, en un barrio de calles estrechas, oscuras y solitarias que no conocía bien. Tenía un poco de miedo, la verdad. Estaba preocupado.

Miré el reloj. Eran las once menos veinte. Pensé que era un poco extraño. María no solía llegar tarde a las citas.

Bueno, la María que yo conocía no solía llegar tarde a ninguna parte. Recuerdo que a menudo me decía que yo era muy lento, que **tardaba mucho en ducharme**, en afeitarme, en vestirme….

Sí, recuerdo que cuando llegábamos tarde a alguna cita solía decirme que era mi culpa, que yo tardaba demasiado en hacer las cosas. Y tenía razón. Ella era muy puntual. Cuando iba sola nunca llegaba tarde a una cita, pero cuando iba conmigo a menudo llegábamos tarde. Siempre era mi culpa.

Ella tenía razón. De hecho, creo que mientras salimos juntos, mientras fuimos novios, ella nunca llegó tarde a una cita conmigo. Yo, **en cambio**, llegaba tarde a menudo. Y siempre tenía una excusa, una excusa tonta para darle. El tráfico, normalmente.

Ella nunca se enfadaba. Me miraba, me sonreía, me daba un beso y **enseguida** se olvidaba de todo. Estaba muy enamorada de mí.

Pero eso era antes. 20 años después allí estaba yo, de pie, en una calle solitaria y oscura, esperándola. Ahora era ella la que llegaba tarde. "La gente cambia", pensé.

Volví a mirar el reloj. Eran las once menos diez. La calle estaba cada vez más solitaria y oscura.

De pronto escuché algo, un ruido. Había alguien detrás de mí. Me sobresalté. Me di la vuelta y me encontré con dos ojos brillantes que me miraban desde una ventana. **Me asusté**. Luego me di cuenta de que solo era un gato. Probablemente el pobre gato estaba tan asustado de mí como yo de él.

Estaba poniéndome cada vez más nervioso. ¿Por qué no venía María? ¿Por qué no llegaba? Me dieron ganas de fumar. Yo ya no fumo, pero de joven fumaba, fumaba mucho. Fumaba casi dos paquetes de cigarrillos al día. Yo de joven tenía siempre un cigarrillo en las manos. Luego dejé de fumar. Creo que la última vez que fumé fue hace 25 años, en una fiesta de Nochevieja. Y no he vuelto a fumar desde entonces. Dejé de fumar así, radical. Hay gente que deja de fumar poco a poco, gradualmente, fumando cada semana un poco menos. Yo no. Yo dejé de fumar de un día para otro, así, **sin más**.

Recuerdo que mis amigos me decían que yo tenía una gran fuerza de voluntad. Y es verdad, yo siempre he tenido una gran fuerza de voluntad, una gran disciplina. Siempre que he querido hacer algo, lo he hecho.

Pero el lunes pasado, mientras esperaba a María en aquella noche oscura, la verdad es que eché de menos un cigarrillo. Estaba nervioso y necesitaba hacer algo con las manos para tranquilizarme.

Volví a sentir un ruido y volví a sobresaltarme. Me di la vuelta, pero esta vez no había ningún gato detrás de mí. Se trataba de un grupo de cuatro o cinco chicos jóvenes. Todos llevaban traje. Seguramente eran empleados de alguna oficina.

Seguramente acababan de salir de algún pub y se iban a casa. Era normal. Hablaban en voz alta y se reían. Hacían mucho ruido. **Estaban borrachos**. Entraron en la calle donde me encontraba yo esperando. Caminaban en mi dirección, hacia donde yo estaba.

Cuando llegaron a mi altura me di cuenta de que con el grupo de chicos iba también una mujer. Recuerdo que me llamó la atención porque los chicos eran muy jóvenes.

Quizás tenían 25 o 30 años. La mujer era mayor. No sé. Quizás tenía 40 o 50 años. Era difícil decir porque la calle estaba muy oscura y yo no podía ver bien.

El grupo de gente ruidosa pasó a mi lado. Nadie me dijo nada. Me ignoraron. Pasaron delante de mí sin decir nada. Solo la mujer mayor me miró unos segundos. Recuerdo que yo me pregunté qué hacia aquella mujer mayor con aquellos chicos jóvenes. Supongo que ella se preguntaba qué hacía yo allí, de pie, solo, en medio de una calle oscura.

Cuando se fueron volví a mirar el reloj. Eran las once y veinte. Comprendí que María no iba a venir. Esperé quince minutos más y a las doce menos veinticinco decidí irme de allí.

Antes de coger el metro fui a un pub que aún estaba abierto. Tenía hambre y quería comer algo antes de volver a casa y meterme en la cama. Quería cenar, pero cuando llegué al pub el camarero me dijo que ya era muy tarde y que la cocina ya estaba cerrada. Entonces le pedí una cerveza. Luego otra. Y luego otra más. Al final me tomé cuatro pintas de cerveza con el estómago vacío. Tenia sed. Tenía mucha sed, pero sobre todo tenía ganas de emborracharme y olvidarme de todo.

Luego fui a la estación de metro más cercana. En el metro no había mucha gente. Era lunes. Los lunes por la noche no suele haber mucha gente fuera. Yo estaba un poco borracho. No suelo beber tanto.

Antes, sí. Antes bebía mucho alcohol. De joven me gustaba beber y fumar. Pero ya no. Antes bebía casi cada día. Bebía cerveza, vino, güisqui, gintonic, chupitos… Ya no, ya no bebo tanto.

María, en cambio, no solía beber. A veces, muy de cuando en cuando, bebía una cerveza pequeñita o **un tinto de verano**, pero normalmente no bebía.

Yo ahora ya no bebo tanto como antes, he cambiado. Sin embargo, tengo que confesar que el lunes me dieron muchas ganas de beber hasta emborracharme. Estaba muy nervioso. Estaba preocupado.

Mientras viajaba en el metro de vuelta a casa, pensé en María: "¿Dónde está? ¿Por qué no ha venido? **¿Me ha engañado?** ¿Ha tenido algún problema? ¿Qué le ha pasado?"

Cuando llegué a casa saqué las llaves del bolsillo para abrir la puerta, pero enseguida me di cuenta de que **algo no andaba bien**. Había algo raro.

La puerta del piso estaba abierta. Yo estaba seguro de haberla cerrado. Siempre la cierro. Nunca olvido cerrar con llave.

Empujé ligeramente la puerta, muy lentamente, muy despacio, y dije "¡Hola! "¿Hay alguien aquí?" Nadie contestó. Empujé un poco más la puerta. Vi que todas las luces de la casa estaban encendidas. Estaba claro que alguien había entrado mientras yo estaba fuera.

¿Quién? ¿Ladrones? Fui de una habitación a otra con miedo. Quizás los ladrones estaban todavía en la casa. Quizás todavía estaban escondidos, esperándome.

Fui al baño, no había nadie. Fui al salón, tampoco había nadie. Fui a la cocina, al estudio, al dormitorio. No había nadie. Luego, ya más tranquilo. Empecé a comprobar si faltaba algo en la casa. No faltaba nada.

En casa tengo varios ordenadores, cámaras de vídeo, algunas joyas, relojes, dinero, tarjetas de crédito… no faltaba nada. Los ladrones no se habían llevado nada. ¿Qué buscaban? ¿Qué buscaban en mi casa?

De pronto me di cuenta de qué buscaban: ¡el álbum de fotos! Fui a buscarlo. Lo tenía guardado en un cajón de la mesilla de noche al lado de mi cama. ¡No estaba! ¡Se lo habían llevado!

De repente me dio mucho miedo. Me puse muy nervioso. Me dio sed. Fui a la cocina. Quería beber un vaso de agua.

Entonces lo vi. Antes había entrado en la cocina, pero no lo había visto. Pero ahora lo vi. Había algo sobre la puerta del frigorífico. Me acerqué. Eran unas palabras escritas a mano. Alguien me había dejado un mensaje escrito con **un pintalabios** rojo. Esto es lo que decía:

**OLVÍDAME,
YA NO TE QUIERO**

Vocabulario 6

Barrio: una zona de una ciudad.

Neighborhood.

Edificio: bloque de pisos u oficinas.

Building.

Había un montón de gente: Había mucha gente.

There were loads of people.

Tardaba mucho en ducharme: empleaba mucho tiempo en ducharme.

I took a long time in the shower.

En cambio: por el contrario, sin embargo.

On the other hand.

Enseguida: inmediatamente, rápidamente.

Right away.

Me asusté: me dio miedo.

I was scared.

Sin más: sin hacer nada más.

That was that.

Estaban borrachos: habían bebido demasiado alcohol (emborracharse: beber demasiado alcohol hasta perder el control).

They were drunk.

Un tinto de verano: bebida refrescante que se hace con vino tinto y gaseosa. Suele beberse en verano.

Summer red wine; a typical Spanish combination of red wine with fizzy lemonade or soda water.

¿Me ha engañado?: ¿Me ha mentido?

Had she deceived me?

Algo no andaba bien: había algo extraño, había algo que no estaba bien. Algo no era cómo debería ser.

Something was not right.

Un pintalabios: cosmético en forma de barra que suelen usar las mujeres para pintarse los labios.

Lipstick.

Capítulo 7

Viernes, 2 de agosto, por la tarde

¿Os acordáis de lo que me pasó la semana pasada? Mientras yo estaba en la calle, mientras yo esperaba a María, alguien entró en mi casa. ¿Os acordáis?

Alguien entró en mi casa, pero no se llevó nada de valor. No se llevó la televisión, ni el ordenador, ni la cámara de vídeo, ni el dinero…

El ladrón solo se llevó una cosa: ¡mi viejo álbum de fotografías!

Me asusté mucho, la verdad. Me puse muy nervioso. Me dio mucho miedo. Alguien había entrado en mi piso mientras yo no estaba.

Seguramente sabía que yo no iba a estar en casa el lunes por la tarde. Seguramente sabía que yo tenía una cita ese día. **Si no, no se explica.**

Poco a poco comprendí. La única persona que sabía que yo no estaría en casa el lunes por la tarde era María. Sí, ella era la única persona que lo sabía. Yo no había hablado con nadie. Yo no le había dicho a nadie que tenía una cita esa noche en el centro de la ciudad.

¿Entonces? ¿Quién vino? ¿Quién entró en mi casa y me robó el álbum de fotos? ¿María?

Eso fue lo primero que pensé. Porque...

Parecía muy claro, parecía obvio, ¿no? Seguramente me había mandado aquel correo electrónico diciendo que quería verme, solo con la intención de entrar en mi casa y robarme el álbum de fotos mientras yo estaba fuera esperándola.

Sí, eso fue lo primero que pensé. María quería quitarme, quería robarme, el álbum de viejas fotografías y había quedado conmigo solo para hacerme salir de la casa. Ese era su plan. La cita en el centro de la ciudad era solo una estrategia, **un truco** para hacerme salir de mi piso y así poder entrar y robarme el álbum.

Parecía obvio.

Sobre todo porque... ¿Os acordáis? En la puerta del frigorífico, en la cocina, alguien había escrito una frase con un pintalabios. Sí, claro, os acordáis, ¿verdad?.

Era un mensaje para mí. Un mensaje que decía:

¡Olvídame!
¡Ya no te quiero!

Todo parecía bastante obvio. María no quería verme. La cita había sido solo un truco para entrar en mi casa y robarme el álbum de fotos.

Me sentí muy mal. Me puse muy triste. Me sentí humillado. No entendía por qué María me trataba así. No entendía por qué María no quería hablar conmigo, simplemente charlar un rato, tomar una copa y recordar los viejos tiempos. Nada más. Yo no quería nada más.

Me quedé hecho polvo. Creo que incluso tenía fiebre. No podía pensar claramente. Estaba muy nervioso. No podía pensar. Demasiadas emociones fuertes en un solo día. Y demasiada cerveza.

Después de un rato me acosté. Me fui a la cama.

Aquella noche tuve un montón de **pesadillas**. No dormí bien. Me quedaba dormido y **a los diez minutos** me despertaba sudando. **Así toda la noche.**

A veces me parecía escuchar ruidos extraños. Me parecía que había alguien detrás de la puerta o que alguien caminaba en la planta de arriba. Encendí la luz, me levanté y fui a mirar. No había nadie. Era todo **fruto de mi imaginación**.

Ya he dicho antes que tengo mucha imaginación, que siempre he tenido demasiada imaginación.

Al final, **muerto de cansancio**, me quedé dormido cuando ya empezaba a entrar la luz de la mañana por la ventana del dormitorio.

Cuando me desperté al día siguiente estaba un poco mejor. Dormir me hizo bien. No había dormido mucho, pero estaba más relajado. Estaba **hecho polvo**, pero relajado mentalmente. Me sentía un poco más tranquilo.

No sé si a vosotros os ha pasado alguna vez, pero yo he tenido siempre las mejores ideas al despertarme por la mañana, durante los primeros cinco o diez minutos, antes de levantarme de la cama.

Apenas abro los ojos y ¡pum! tengo una idea fantástica en la cabeza. ¿No os ha pasado nunca? A mí me ha pasado muchas veces. Tengo que reconocer que me pasaba más a menudo antes, cuando era más joven, pero todavía se me ocurren algunas de las mejores ideas durante los primeros cinco o diez minutos después de despertarme.

¡También en la ducha! En la ducha también me pasa algo parecido. Tengo ideas muy buenas, se me ocurren nuevos proyectos, veo cosas que antes no veía, tomo decisiones… Tengo que decir que algunas de las mejores decisiones de mi vida las he tomado mientras me duchaba.

¿No os ha pasado nunca?

Bueno, como decía, los primeros cinco o diez minutos, **cuando me acabo de despertar**, mi cerebro tiene ideas fantásticas. Veo con claridad cosas que el día anterior, por ejemplo, no veía.

Y eso fue lo que me pasó el martes por la mañana, cuando me desperté, que vi con claridad algo que el día anterior no había visto.

Mientras estaba en la cama, todavía medio dormido, volví a recordar la noche anterior, cuando yo estaba esperando a María como un imbécil, en medio de aquella calle solitaria y estrecha.

Me acordé del gato que me miraba con los ojos brillantes. ¿Os acordáis? Un gato me asustó. Pensaba que había alguien detrás de mí y **cuando me di la vuelta** vi que era solo un gato que me estaba mirando con dos ojos brillantes. Los ojos de los gatos brillan mucho en la oscuridad. Y aquella calle estaba muy oscura. Había muy poca luz.

Luego volví a pensar en el grupo de jóvenes que había pasado delante de mí, mientras yo esperaba. Eran jóvenes, iban un poco borrachos y **hablaban en voz alta**. ¿Os acordáis?

De repente me di cuenta. Con aquellos jóvenes que gritaban había también una mujer mayor, una mujer de mi edad, más o menos. ¿Os acordáis?

Recuerdo que la miré y ella también me miró. Fueron solo unos segundos, pero nos miramos. Los dos nos miramos. Recuerdo que me pregunté qué hacía aquella mujer con aquellos jóvenes.

El martes por la mañana me di cuenta de todo. El martes por la mañana, mientras estaba todavía en la cama, medio dormido, comprendí: ¡aquella mujer que iba con aquellos jóvenes era María!

Ahora estaba muy claro: ¡Era María! Estaba seguro. ¡Era María! Aquella mujer mayor era María. ¡Sí, era ella, era ella! ¿Cómo es posible que no la reconociera cuando pasó delante de mis narices, a tan solo unos metros de distancia? ¿Cómo no me di cuenta enseguida de que era ella?

Durante las últimas semanas me he acordado mucho de María. Desde que encontré el álbum de fotos he pensado a menudo en ella, en el tiempo que pasamos juntos cuando los dos éramos jóvenes.

He mirado sus fotografías muchas veces. En el álbum de fotos hay ("había", porque ya no lo tengo) muchas fotografías suyas, pero, claro, eran fotografías de cuando ella era joven. No eran fotos recientes.

Por eso, en mi mente, en mi imaginación, María tiene todavía 25 o 26 años.

Últimamente he pensado mucho en ella, sí, pero siempre que he pensado en ella la he visto como cuando tenía 25 años y estudiaba en la universidad.

¡Pero ya han pasado muchos años desde entonces! ¡Han pasado más de 20 años! Igual que yo me he hecho más viejo, ella también se ha hecho más vieja.

¡He sido un idiota! Esperaba ver a una chica de 25 o 26 años y vi a una señora de casi cincuenta años. Por eso no la reconocí.

Por eso no me di cuenta de que era ella. Pero… ¿Qué hacía allí? ¿Qué hacía allí María? ¿Por qué no me dijo nada? Supongo que solo quería estar segura de que yo no estaba en casa.

Seguramente ni siquiera iba con aquellos chicos jóvenes. A mí, en aquel momento, me pareció que iba con ellos, pero seguramente no, seguramente ella caminaba junto a ellos para pasar desapercibida, pero no iba con ellos: no eran sus amigos ni sus compañeros de trabajo.

No, ella iba sola.

Quería verme de cerca y no quería que yo sospechara nada; no quería que yo la reconociera. Por eso caminaba junto a los chicos borrachos: **quería pasar desapercibida**. Pero no iba con ellos, iba sola.

¡**Por eso** me miró, por eso me miró! ¡Quería estar segura de que era yo! ¡Quería estar segura de que yo no estaba en la casa!

Entonces me di cuenta: ¡María tenía un **cómplice**! Mientras ella estaba allí, asegurándose de que yo había acudido a la cita, su cómplice estaba entrando en mi casa para robarme el álbum de fotos y dejar la nota en el frigorífico.

Ahora lo veía todo claro.

Me imagino que después de verme en la calle, María llamó por teléfono a su cómplice para decírselo, para decirle que podía entrar en mi casa, que no había nadie, y que podía coger el álbum de fotos con tranquilidad.

Entonces, allí, en la cama, el martes por la mañana, cuando me acababa de despertar, empecé a ponerme nervioso otra vez. No podía dejar de darle vueltas a la cabeza. Me hacía un montón de preguntas. Preguntas para las que todavía no he encontrado una buena respuesta:

¿Quién es el cómplice de María?

¿Quién entró en mi casa para robarme el álbum?

Y, sobre todo, ¿para qué quiere María el álbum de fotos? Mi viejo álbum de fotos.

Al fin y al cabo, es solo un álbum de fotografías viejas.

¿Para qué lo quiere?

Vocabulario 7

Si no, no se explica: esta es la única explicación posible.

If not, there is no explanation.

Un truco: un engaño que se hace para conseguir algo.

A ruse; a trick.

Pesadilla: sueño que causa angustia y temor.

Nightmare.

A los diez minutos: diez minutos después.

After ten minutes.

Así toda la noche: que continúa toda la noche.

It went on that way all night long.

Fruto de mi imaginación: no es real, sino imaginario. Es el resultado de mi imaginación.

Product/figment of my imagination.

Muerto de cansancio: muy cansado, exhausto.

Dead tired; dying of fatigue.

(Estar) hecho polvo: muy cansado, exhausto.

Utterly exhausted.

Cuando me acabo de despertar: apenas despertado. Inmediatamente después de despertar.

When I have just awoken; immediately after I wake up.

Cuando me di la vuelta: cuando me giré.

When I turned around.

Hablaban en voz alta: elevaban la voz al hablar.

They were talking in loud voices.

Quería pasar desapercibida: no quería ser reconocida, no quería que nadie se diera cuenta de su presencia.

She wanted to pass unnoticed.

Por eso: por esa razón, por ese motivo.

That's why.

Cómplice: persona que colabora o ayuda a otra persona a cometer un delito.

Accomplice.

Capítulo 8

Viernes, 9 de agosto, por la mañana

Resumiento la historia hasta ahora, hace unos días me di cuenta de que aquella mujer mayor que yo había visto en la calle, aquella mujer de unos cincuenta años que había pasado delante de mí mientras esperaba a María, era, en realidad, María.

En aquel momento yo no la reconocí porque ya era tarde, no había mucha luz y la calle estaba a oscuras. Además, claro, yo esperaba ver a **una chica de veintitantos años,** no a una mujer de cincuenta.

En mi imaginación, María todavía tiene 25 o 26 años, como cuando salía conmigo y éramos novios.

Estas últimas semanas he pensado mucho en ella, en María, y he mirado muchas fotos suyas. El álbum, el álbum que me han robado, estaba lleno de fotografías de María, pero, obviamente, eran fotos antiguas, de cuando los dos estudiábamos en la universidad y, claro, como resultado, la imagen que tengo de ella en mi cabeza es la de una chica joven, de unos veintitantos años.

¡Por eso no la reconocí cuando pasó delante de mí!

Además, también me di cuenta de que María tenía un cómplice. Mientras ella estaba en la calle, asegurándose de que yo había acudido a la cita, alguien que ella conocía, alguien que "trabajaba" para ella, entró en mi casa, me robó el álbum de fotos y dejó aquel estúpido mensaje en la puerta del frigorífico, escrito a mano con un pintalabios rojo.

¿Os acordáis de lo que decía? Decía: "¡Olvídame, ya no te quiero!"

Como os podéis imaginar, **me quedé hecho polvo**. Yo solo quería saber cómo está, qué ha hecho estos últimos años, si se ha casado o no, si ha tenido hijos… Yo solo quería verla para charlar y, quizás, volver a ser amigos. **A fin de cuentas,** cuando éramos jóvenes estuvimos enamorados. Estuvimos muy enamorados. Yo pensaba que valía la pena verse un rato y charlar sobre los viejos tiempos.

Entonces, ¿sabéis lo que hice?

Estaba claro que intentar hablar por teléfono con María o mandarle un email no funcionaba.

Estaba claro que ella no quería verme. Ni siquiera quería hablar conmigo.

Además, **no me fiaba de ella.** No me fiaba y no me fío. Me ha engañado. Me ha engañado ya varias veces en las últimas semanas. Me había dado una cita para poder entrar en mi casa y robarme el álbum de fotografías. Ya no me puedo fiar de ella.

Pero de todas formas quería saber qué le pasaba a María. Quería saber por qué me odiaba. Y también quería saber por qué me había robado el álbum de fotografías.

Entonces, ¿sabéis lo que hice?

Cuando me desperté el martes por la mañana y me di cuenta de que María y su cómplice me habían robado el álbum de fotos, me puse muy nervioso. Tenía miedo, pero también estaba muy enfadado. **Me sentía traicionado**.

Intenté tranquilizarme un poco. Sí, para pensar, para pensar y para tomar una decisión correcta, tenía que estar tranquilo.

Me preparé un té y me senté en el sofá. Puse también un poco de música, algo tranquilo, para relajarme. Y poco a poco me fui sintiendo mejor. Me tranquilicé.

Pensé en la noche del lunes, la noche en la que fui a esperar a María.

¿Por qué me pidió ir a las 10.30 de la noche a aquel lugar? ¿Por qué quería que yo fuera a las 10.30 de la noche a aquella calle oscura y solitaria del centro de Londres?

Al principio pensé en la posibilidad de que quizás ella viviera cerca de aquella calle. Quizás no en aquella calle, pero al menos en aquel barrio.

Luego lo pensé mejor. ¿Vivir? ¿Vivir en un barrio del centro de Londres? No, no lo creía. María vino a Inglaterra en enero de este año porque no tenía trabajo en España. El centro de Londres es muy caro. Los alquileres en el centro de Londres son carísimos. ¿Podía permitirse María un piso en el centro de Londres? Probablemente no. No estaba seguro, claro, no podía estar seguro. Era solo una suposición, una deducción mía.

Entonces tuve otra idea: quizás María trabajaba en aquel barrio donde me había dado cita. Se trata de un barrio lleno de oficinas y de tiendas, un barrio muy **bullicioso** durante el día y oscuro y desierto al atardecer.

Poco a poco comprendí la situación. María trabajaba en una de aquellas oficinas o en una de aquellas tiendas alrededor de aquella calle, en el centro de Londres.

Esta idea me hizo sentir mejor. Empecé a ver la historia con María como el **argumento** de una novela de detectives. A mí siempre me han gustado las historias de detectives.

De niño leía a menudo novelas de detectives inglesas. Novelas policiacas. Eran novelas de misterio escritas para niños. Mi escritor favorito era Enid Blyton.

Recuerdo que un verano, cuando tenía, no sé, cuando tenía quizás 12 o 13 años, me leí todas las novelas de Enid Blyton que había en la biblioteca de mi colegio. Me encantaban.

Luego, ya más mayor, empecé a leer historias de Agatha Christie y, por supuesto, las novelas de Sherlock Holmes. De adolescente leía cada semana un libro de misterio y me encantaba intentar descubrir al culpable, al asesino.

Leyendo esas novelas de detectives aprendí que el culpable era siempre el personaje menos sospechoso, el que parecía más inocente.

Bueno, entonces, ¿sabéis qué es lo que he hecho?

Esta semana he ido todos los días a aquella calle, aquella calle donde María me había dado cita y luego nunca vino. He ido todos los días, sí, desde el lunes. Hoy estamos a viernes, ¿no? Entonces, llevo ya cuatro días. Llevo ya cuatro días yendo a aquella calle, a aquel barrio, con la esperanza de verla, con la esperanza de cruzarme con ella.

Y no solo una vez al día, no; he ido cada día varias veces, siempre a horas diferentes: he ido a veces por la mañana y a veces he ido por la tarde. También he ido al mediodía y a veces he ido al atardecer, cuando ya estaba oscuro.

Y no solo a aquella calle, claro. Siempre que voy procuro dar una vuelta por las calles cercanas. A veces he entrado en alguna tienda o me he tomado un café en cualquier cafetería; a veces he comprado algún libro y a veces he ido al pub a tomar una cerveza.

En fin, llevo toda la semana intentando volver a ver a María por las calles del centro de Londres.

Tengo la esperanza de volver a cruzarme con ella por allí. Si yo tengo razón, si es verdad que María trabaja en aquel barrio, quizás pueda volver a verla, ¿no?

Tengo la esperanza de verla mientras entra o sale del metro, mientras sube o baja del autobús, mientras va o viene de hacer la compra en el supermercado, mientras compra un bocadillo en algún bar, mientras habla por teléfono con alguien en el parque…

Bueno, ahora os dejo porque voy a salir otra vez. Voy a salir otra vez a la calle para seguir buscándola. Ya os contaré qué tal me ha ido y si la he visto o no, ¿vale?

Espero verla, espero volver a verla muy pronto porque **tengo muchas ganas de hablar con ella**, de abrazarla, de besarla.

¡Ojalá la encuentre pronto!

Vocabulario 8

Una chica de veintitantos años: una chica que tenía entre 20 y 29 años.
A young woman in her twenties; a girl of twenty-something years of age.

Me quedé hecho polvo: en este contexto, estar "hecho polvo" quiere decir sentirse muy mal psicológicamente, anímicamente; sentirse muy triste, angustiado, etc.
I was crushed, emotionally hurt.

A fin de cuentas: a pesar de todo, lo importante es que…
After all; when all is said and done.

No me fiaba de ella: no confiaba en ella.
I didn't trust her.

Me sentía traicionado: me sentía engañado.
I felt betrayed

Bullicioso: ruidoso, con mucha gente que va y viene.
Noisy, busy, bustling.

Argumento: la historia de una novela, de una película, etc.
Plot; storyline.

Tengo muchas ganas de hablar con ella: tengo un gran deseo de hablar con ella.
I'm very eager to talk to her.

Capítulo 9

Lunes, 19 de agosto, por la tarde

Os recuerdo rápidamente lo que ha pasado hasta ahora.

Al día siguiente de descubrir que me habían robado el álbum de fotos, me di cuenta de que probablemente María trabajaba en aquel barrio de calles estrechas donde me había dado cita. Os acordáis, ¿no?

María me había dado cita en una calle oscura y estrecha a las 10.30 de la noche, pero nunca vino. Lo que pasó fue que, alguien, seguramente un cómplice suyo, entró en mi casa mientras yo estaba fuera y me robó el álbum de fotografías.

Bueno, pues, al día siguiente, cuando ya estaba más tranquilo, me di cuenta de que probablemente María era aquella mujer mayor, de unos cuarenta y cinco o cincuenta años, que había pasado delante de mí mientras yo estaba allí, parado en medio de aquella calle oscura y solitaria, solo, esperándola como un idiota.

Yo no la reconocí en aquel momento, pero seguramente era ella. Probablemente quería estar segura de que yo no estaba en casa y así su cómplice podía entrar en mi piso y robarme el álbum de fotografías tranquilamente. En realidad, la cita solo había sido un truco para hacerme salir de casa.

Como ya he dicho antes, cuando me tranquilicé un poco y pude pensar con calma, comprendí que seguramente María trabajaba en aquel barrio donde me había dado cita. Era solo una teoría, claro, **una corazonada**: yo no podía estar seguro, pero algo dentro de mí me decía que yo tenía razón, que ella trabajaba por aquella zona.

Y así, bueno, como ya os dije, decidí volver a aquel barrio e intentar encontrarla. Estaba seguro de que si tenía un poco de paciencia acabaría por dar con ella.

Y eso es lo que hice la semana pasada y la anterior. Fui todos los días a la calle donde María me había dado cita. Todos los días.

Y no solo una vez al día, no: cada día iba varias veces, siempre a horas diferentes. A veces iba por la mañana, a veces iba por la tarde, a veces iba al mediodía y a veces iba al atardecer, cuando ya estaba oscuro.

Solía ir por la mañana temprano. A veces llegaba en metro, a veces iba en autobús. Mientras viajaba en el metro o en el autobus **miraba con discreción** a los otros pasajeros, sobre todo, claro, a las mujeres. Pensaba que quizás María estaba allí, conmigo, y yo no la reconocía.

Luego, cuando salía del metro o cuando bajaba del autobus, empezaba a pasear y a dar vueltas por el barrio. Entraba en las tiendas, tomaba un café en cualquier cafetería, compraba el periódico, iba al pub a tomar una cerveza…

Tenía la esperanza de encontrarla entre toda aquella gente que iba y venía por las calles y plazas del barrio.

Tenía la esperanza de volver a verla por allí. Si yo tenía razón, si era verdad que María trabajaba en aquel barrio, tal vez podría volverla a ver.

Tenía la esperanza de verla mientras entraba o salía del metro, mientras subía o bajaba del autobús, mientras iba o venía de hacer la compra en el supermercado, mientras compraba un bocadillo en algún bar o mientras hablaba por teléfono con alguien en el parque.

En aquel barrio hay un parque y allí iba yo de vez en cuando para descansar y reflexionar un poco. Es un parque pequeño y acogedor con algunos bancos donde sentarse y descansar, césped verde y fresco donde echarse en los días de sol y un quiosco de madera donde se puede comprar agua, café y tristes sandwiches de jamón y queso.

A aquel parque iba a menudo cuando estaba harto de dar vueltas y me dolían los pies de caminar. Iba allí a descansar. Me sentaba en un banco y sacaba de la mochila un bocadillo que me había hecho en casa y un termo con café.

Yo no suelo comprar sandwiches o café en la calle, la verdad.

Aparte de que todo es muy caro, yo prefiero hacerme mis propios bocadillos en casa y hacerme también mi propio café. El café en Londres es carísimo y no muy bueno. Creo que en 20 años que llevo en Londres no he tomado nunca un buen café. Bueno, pero eso es otra historia que **ahora no viene a cuento.**

Total, como estaba diciendo, yo iba a menudo a aquel parque a descansar. Sacaba el bocadillo de la mochila, bebía café del termo y me ponía a leer el periódico.

Mientras leía el periódico **espiaba a la gente** que había en el parque. El periódico era solo un disfraz, claro. Una estrategia para pasar desapercibido.

La verdad es que me sentía un poco Sherlock Holmes. Observaba a la gente que iba y venía, que entraba y salía del parque, espiaba sus movimientos, sus gestos. Pero, sinceramente, nada me parecía extraño, nada me parecía sospechoso.

Me di cuenta de que a cada hora del día la gente que iba al parque era diferente. Por la mañana no había casi nadie. Solo pasaban algunos que acababan de salir del metro o que acababan de bajarse del autobús.

Luego, a media mañana, llegaban algunos **desocupados**, quizás pensionistas, viejos, gente sin trabajo... En fin, tipos solitarios que seguramente no tenían nada que hacer durante todo el día y se sentaban en algún banco para pasar el tiempo.

Algunos leían el periódico, otros daban de comer a las palomas. La mayoría se quedaba allí en silencio sin hacer nada, con la mirada perdida. Yo les observaba y me preguntaba quiénes serían, si tenían hijos, si estaban casados, qué trabajo habrían hecho de jóvenes, dónde y cómo vivían, qué les pasaba por la cabeza en aquellos momentos, en qué estaban pensando, por qué estaban allí sentados, en silencio, solitarios, en un banco del parque.

Recuerdo que un día, mientras observaba a uno de estos tristes personajes, un tipo de unos sesenta años que parecía estar muy ocupado intentando resolver el crucigrama del periódico, **se me pasó por la cabeza** la posibilidad de que quizás, quién sabe, tal vez algunos de ellos fueran como yo; quizás, quién sabe, tal vez algunos de ellos hacían como yo y fingían leer el periódico en el parque o dar de comer a las palomas simplemente para pasar desapercibidos.

Al mediodía solían llegar un montón de empleados de las oficinas cercanas que iban allí en los días de sol a almorzar. Durante un par de horas, de una a tres de la tarde, más o menos, el parque se llenaba de gente y era muy difícil encontrar un banco para sentarse.

La mayoría se sentaba o **se tumbaba** en el césped. En Londres es muy normal sentarse en el césped a comer, a hacer un picnic o simplemente a **charlar** con los amigos.

Más tarde, cuando los empleados volvían a sus oficinas, solía llegar algún grupo de **gente "sin techo"**. Normalmente ocupaban un banco un poco apartado y se ponían a beber latas de cerveza y licores baratos que compraban en las tiendas de alrededor.

Yo observaba a todo el mundo. Con disimulo, claro, intentando no llamar la atención, fingiendo que leía el periódico, que bebía café o que comía el sandwich que me había hecho en casa, pero sin dejar de observar en ningún momento, sin dejar de espiar a la gente que pasaba por el parque.

Al cabo de unos cuantos días comprendí que, en realidad, no tenía que dar tantas vueltas por las calles del barrio buscando a María. Caí en la cuenta de que toda la gente del barrio pasaba por aquel parque. Si quería ver a María lo mejor era quedarse allí, sentado en un banco, y esperar. María acabaría por aparecer.

Y así fue. De repente, el viernes, el viernes pasado, **cuando menos lo esperaba**, la vi. Yo tenía sed. En la mochila llevaba café, pero quería beber agua, agua fresca. No sabía si ir a un supermercado a comprar una botella de agua mineral o comprarla en el quiosco del parque. En el quiosco era más cara, pero no tenía ganas de caminar. Estaba pensando qué hacer cuando, de repente, la vi.

Mientras yo miraba distraídamente, sin prestar atención, María salió de detrás del quiosco. Esta vez la reconocí enseguida. Ahora sí. Inmediatamente. **En cuanto la vi** supe que era ella.

María salió de improviso de detrás del quiosco y empezó a caminar hacia la calle. Yo me quedé de piedra, inmóvil, muy sorprendido.

No sabía qué hacer. No sabía si echar a correr, no sabía si llamarla… **¡Me había pillado totalmente desprevenido!**

Unos segundos después, cuando reaccioné, empecé a correr hacia la salida del parque, hacia la calle. No la llamé, no quería hablar con ella, pero **tampoco quería perderla de vista**. Quería saber dónde iba, pero no quería que me viera. La seguí por la calle durante un rato.

Como os podéis imaginar, yo estaba muy nervioso. Me parecía estar en una novela de Sherlock Holmes.

Yo caminaba detrás de ella y ella, María, no se daba cuenta de nada. No se daba cuenta de que yo caminaba detrás de ella.

Luego, al cabo de unos diez o quince minutos, llegó a un edificio y bajó por unas escaleras. Cuando un par de minutos después llegué yo hasta las escaleras por las que ella había bajado, caí en la cuenta de que se trataba de un café.

María había entrado en un café, en una cafetería.

¡Me puse muy contento! ¡Yo tenía razón! ¡Allí es dónde Maria trabajaba! ¡Maria trabajaba en aquel pequeño café del centro de Londres!

¡Bingo!

¡La encontré!

¿Y ahora? Bueno, ahora que ya sé dónde trabaja María estoy un poco más tranquilo. Ahora **por lo menos** sé que está bien, que no la han secuestrado, ni nada parecido. Trabaja. María trabaja en una cafetería. Está bien.

Pero ahora... ¿Qué puedo hacer ahora? ¿Qué voy a hacer ahora?

Bueno, llevo varios días pensando cuál es el siguiente paso. Me he pasado todo el fin de semana en casa. Quería estar tranquilo, pensar, reflexionar. No quería ver a nadie, no quería hablar con nadie. Quería estar solo para tomar una decisión.
Y hoy, finalmente, he tomado una decisión. Esta mañana, en cuanto me he despertado, lo he visto todo claramente.
Como ya dije anteriormente, yo he tenido siempre las mejores ideas al despertarme por la mañana, durante los primeros cinco o diez minutos, antes incluso de levantarme de la cama. Apenas abro los ojos y ¡pum! tengo una idea fantástica en la cabeza.

Y eso es lo que me ha pasado esta mañana: en cuanto me he despertado, en cuanto he abierto los ojos, se me ha ocurrido una idea fantástica. Ya sé lo que voy a hacer para aclarar este misterio y averiguar por qué María no quiere verme, por qué me robó el álbum de fotos y quién es su cómplice.

Pero eso os lo contaré, tal vez, si todo va bien, la próxima semana.

Vocabulario 9

Una corazonada: una intuición, una sospecha, un presentimiento.
A hunch.

Miraba con discreción: miraba con disimulo, tratando de que la gente no se diera cuenta de que yo les miraba.
I watched discreetly.

Ahora no viene a cuento: ahora no es el momento adecuado de hablar de ese tema; ese es otro tema diferente no relacionado con lo que estamos hablando ahora.
That doesn't come into it; that's beside the point.

Espiaba a la gente: observaba a la gente sin que nadie se diera cuenta.
I was spying on people/I would spy on people.

Desocupados: sin trabajo, sin ocupación, sin nada que hacer. En general, gente con mucho tiempo libre.
Not busy or active, unoccupied people.

Se me pasó por la cabeza: se me ocurrió, tuve una idea en ese momento.
It crossed my mind.

Se tumbaba: se echaba (tumbarse: acostarse para descansar temporalmente, a menudo en un lugar diferente de la cama como en la playa, en el sofá, en la hierba del campo, etc).
(People) would lie down (on the lawn).

Charlar: conversar, hablar informalmente sobre temas poco importantes.
To chit-chat.

Gente "sin techo": personas sin hogar, sin una casa donde vivir.
Homeless people.

Al cabo de unos cuantos días: después de unos pocos días.
At the end of several days/After a few days had passed.

Cuando menos lo esperaba: cuando estaba más distraído, cuando prestaba menos atención.
When I least expected it.

En cuanto la vi: inmediatemente, casi en el mismo momento en que la vi, casi en el mismo instante en que la vi.
The moment I saw her.

¡Me había pillado totalmente desprevenido!: me había cogido por sorpresa.
I had been caught totally off guard!

Tampoco quería perderla de vista: no quería dejar de verla (mientras caminaba por la calle).
I didn't want to lose sight of her, either.

Por lo menos: al menos, como mínimo.
At least.

Capítulo 10

Martes, 27 de agosto, por la noche

¿Os acordáis de lo que os dije la semana pasada?

¡Por fin encontré a María!

¿Os acordáis?

La vi en el parque, la seguí por las calles del barrio y descubrí dónde trabaja. Trabaja en un café, en una cafetería pequeña, muy cerca de la calle donde me citó hace unas semanas. Os acordáis, ¿verdad? Me había dado cita a las diez y media de la noche, pero luego no vino. Era solo un truco para hacerme salir de casa y así, mientras yo estaba fuera, un cómplice suyo, no sé quién, pudo entrar en mi piso y robarme el álbum de fotos.

Os acordáis, ¿no? Yo tenía un álbum viejo de fotos, con un montón de fotos antiguas de cuando María y yo salíamos juntos, en España, hace muchos, muchos años… ¡Y alguien me lo robó! Mientras yo la esperaba, mientras yo estaba allí esperándo a María como un idiota, alguien, no sé quién, un cómplice suyo, entró en mi casa, en mi piso, y me robó el álbum de fotos.

Fue una experiencia muy traumática y me sentí muy mal. Pero ahora estoy mejor. Después de "jugar" unos días a Sherlock Holmes, como un detective privado **de pacotilla**, hace unos días logré, finalmente, **dar con ella**, con María.

¿Y ahora? Seguramente os estáis preguntando: "Sí, bueno, ahora ya sabes que María existe, que es real, que está bien, que trabaja en Londres, pero… ¿Y ahora? ¿Qué vas a hacer ahora?"

Bueno, no os voy a contar lo que voy a hacer ahora, sino lo que ya he hecho.

Veréis. Como ya sabía donde trabajaba, el martes pasado fui a esperarla a la hora a la que cerraba la cafetería. Antes, claro, yo ya había mirado el horario y ya había visto que la cafetería abría solo de lunes a viernes, de nueve a cinco de la tarde.

En realidad no se trata de una cafetería, sino de una cantina para estudiantes de la universidad. Creo que todavía no he dicho que en ese barrio se encuentra también la universidad donde yo trabajo y normalmente hay muchos estudiantes por la zona.

Bueno, pues, llegué más o menos a eso de las cinco menos cuarto y me puse a esperarla en **la acera** de enfrente, pero **con cuidado** para que no me viera.

Había calculado que si la cafetería cerraba a las cinco, ella, María, saldría del trabajo a las cinco y media o quizás, como muy tarde, a las seis. Me imaginaba que después de cerrar al público tendría que limpiar, recoger y poner todo en orden para el día siguiente. Yo de joven también trabajé en un par de restaurantes y sé qué hacen los trabajadores después de cerrar al público.

¡Y tenía razón! A las seis menos veinte María salió de la cafetería. Sola. Parecía cansada. Era normal. Ya no es una chica joven y trabajar en una cafetería es duro.

La seguí por la calle, a una cierta distancia. Quería saber donde vivía. Estaba casi seguro de que no vivía por aquella zona, por el centro de Londres, porque es una zona muy cara y los precios de los pisos son muy altos, sobre todo para la camarera de una cantina de la universidad.

Yo caminaba detrás de ella. No quería que me viera, pero tampoco quería perderla de vista. A esas horas había mucha gente por la calle y no era fácil seguirla. Por suerte, María caminaba despacio. Parecía que no tenía mucha prisa por llegar a su casa.

No tuve que seguirla mucho tiempo. En cinco o diez minutos llegó a una parada de autobús. Yo llegué detrás de ella y **me mezclé con la gente**. En la parada había muchas personas esperando el autobus y no me fue difícil pasar desapercibido.

Ahora que la tenía más cerca, la pude observar mejor. Me di cuenta de cómo ha pasado el tiempo. En español se dice que **"el tiempo no perdona a nadie"** y es verdad. En su cara y en su cuerpo queda muy poco de aquella chica joven con la que yo salía. Le miré la cara y vi que tenía los ojos tristes y la frente llena de arrugas. Antes tenía el pelo largo, muy moreno y con un brillo natural precioso. Una de las cosas que más me gustaba de ella era su pelo.

Ahora lo lleva corto y descuidado, sin brillo, y ya con algunas **canas**, con algunos pelos blancos.

Y ha engordado, sí, ha engordado mucho. De joven era muy, muy delgada. Nunca se preocupaba por su peso, comía lo que le daba la gana y siempre estaba delgada. Todas sus amigas la envidiaban porque comía pizza, tarta, chocolates, helados… y nunca engordaba. Sus amigas la odiaban por eso. "¿Pero cómo puedes estar siempre delgada con lo que comes?" solían decirle. Y ella se reía, claro.

Pero ahora está mucho más gorda que antes y parece más triste, más vieja, más cansada.

Mientras la miraba de cerca me sentí muy triste y pensé: "¡Hacerse viejo es una mierda!"

Al cabo de un rato llegó el autobús. María subió y yo subí también. Me senté unos cuantos asientos detrás de ella, sin que se diera cuenta. Se pasó todo el viaje en el autobús hablando por teléfono. Intenté escuchar con quién hablaba, pero no pude entender bien la conversación. Había demasiado ruido y yo me encontraba demasiado lejos de ella. Solo escuchaba **palabras sueltas** de vez en cuando. Me pareció que decía: "¡Ahora no, quizás, eso nunca!" Pero yo no podía saber de qué hablaba ni con quién hablaba.

Por el tono de voz, me parecía que estaba enfadada, nerviosa, pero no podía estar seguro de nada.

Al cabo de una media hora se bajó del autobús y yo me bajé detrás de ella. Luego la seguí de nuevo por la calle, a una cierta distancia.

Habíamos llegado a un barrio del norte de Londres, un barrio popular, de trabajadores, donde las casas son mucho más baratas que en el centro. Un barrio mucho más apropiado para la camarera de un café barato, de una cantina de la universidad.

Tenía mucha curiosidad por saber dónde vivía. Resultó que no era demasiado lejos de la parada. Cinco minutos después de haber bajado del autobús ya habíamos llegado a su casa.

No me acerqué demasiado, ni le dije nada. No quería hablar con ella. Solo quería saber dónde vivía.

Me quedé en la acera de enfrente a observarla. Vi como abría la puerta del edificio y luego entraba y desaparecía.

Una vez que María había desaparecido dentro del edificio, yo me quedé allí un rato de pie, en la acera de enfrente, mirando, simplemente mirando, con las manos en los bolsillos del pantalón.

Mientras miraba el edificio, tuve una idea: **se me ocurrió** que podía llamar al timbre e intentar hablar con ella. Lo pensé un rato, pero al final decidí que era mejor no hacerlo. Quizás otro día. De todas formas, durante las semanas anteriores ya había intentado contactarla y ella no había querido verme: era obvio que no quería hablar conmigo.

De todas formas estaba satisfecho, ya que había conseguido lo que quería: ahora ya sabía dónde vivía María. Dónde vive, quiero decir.

Pero antes de irme quería estar seguro de cuál era el número de la casa y en qué apartamento vivía.

El edificio tenía tres plantas y desde la acera de enfrente yo no podía saber en qué planta vivía ella y mucho menos en qué piso. Estaba demasiado lejos.

Crucé la calle y me acerqué a la puerta del edificio. Era el número 28. Busqué su nombre o algún indicio, pero no encontré nada. No había modo de saber en qué piso o en qué planta vivía María.

Pero, de todas formas, no era un problema demasiado importante. Pensé que si realmente quería hablar con ella, siempre podría llamar a cualquier piso y cualquier vecino me diría donde vivía una señora española de mediana edad. Me imaginé que todos los vecinos del edificio sabrían dónde vivía una señora que hablaba inglés con acento extranjero.

Me di media vuelta para irme y fue entonces cuando lo vi. Delante de la puerta del edificio había unos cuantos cubos de basura. Antes, al pasar por allí, no me había dado cuenta, pero ahora lo vi. Allí, entre los bolsas de basura, vi algo que me resultó familiar, muy familiar.

Lo reconocí enseguida: ¡Era mi álbum de fotos! ¡María había tirado a la basura mi álbum de fotografías!

¿Sabéis qué hice?

Como os podéis imaginar, me quedé muy soprendido, me quedé de piedra.

¿Sabéis qué hice?

Lo cogí y me lo traje a casa, claro. Al fin y al cabo es mi álbum de fotos.

Aquí está. Lo tengo aquí, a mi lado, mientras escribo.

Al principio no noté nada raro. Cuando volví a casa aquella noche estaba hecho polvo. Lo abrí distraídamente, **le eché un vistazo rápido** y lo volví a poner en la misma librería donde lo tenía hasta el día que me lo robaron. Había sido un día con muchas emociones, estaba cansado y solo tenía ganas de acostarme y dormir.

Pero al día siguiente, por la mañana, en cuanto me desperté, tuve un presentimiento, una sospecha. Ya os he dicho antes que las mejores ideas se me ocurren apenas me despierto, en cuanto abro lo ojos, antes incluso de levantarme de la cama.

Me levanté apresuradamente y corrí hasta la librería donde había puesto el álbum la noche anterior.

Lo cogí, lo abrí y **empecé a hojearlo**.

Entonces me di cuenta. Entonces me di cuenta de algo que la noche anterior me había pasado desapercibido. Algo muy extraño.

Pero, bueno, ahora ya es muy tarde. Mejor os lo cuento mañana. Ahora estoy hecho polvo y solo tengo ganas de acostarme. ¡Buenas noches!

Vocabulario 10

De pacotilla: falso o de mala calidad.

Trashy; shoddy; cut-rate.

Dar con ella: encontrarla.

To find her; to track her down.

La acera: A cada lado de una calle hay una acera para caminar. Los coches no pueden pasar por la acera.

Sidewalk.

Con cuidado: con precaución, poniendo atención.

Carefully.

Me mezclé con la gente: me metí entre las personas que había en la parada del autobús para pasar desapercibido.

I blended in with the crowd.

El tiempo no perdona a nadie: todo el mundo envejece. El tiempo pasa para todo el mundo.

Time forgives no one; everyone ages.

Canas: pelos blancos que crecen al envejecer.

Gray (or white) hairs of old age.

Palabras sueltas: palabras aisladas.

The odd word here and there; isolated words.

Se me ocurrió: tuve una idea en aquel momento.

It occurred to me.

Le eché un vistazo rápido: lo mire velozmente, con rapidez, sin prestar mucha atención.

I took a quick glance at it.

Empecé a hojearlo: empecé a pasar las hojas del álbum (hojear: pasar rápidamente las hojas de un libro o algo similar).

I started to flip through it.

Capítulo 11

Miércoles, 28 de agosto, por la mañana

¿Os acordáis de lo que os conté anoche?

La semana pasada fui a esperar a María a la puerta de la cafetería donde ella trabaja. Sabía dónde trabajaba, pero quería saber también dónde vivía.

Antes yo ya había visto el horario de la cafetería y más o menos había calculado la hora a la que ella saldría de trabajar. Yo la esperaba en la acera de enfrente, claro, confundido entre la gente que pasaba por la calle. Al salir de la cafetería, ella no me vio y yo me puse a seguirla. Quería saber dónde iba, con quién hablaba, a quién veía...

Yo caminaba a solo unos metros detrás de ella, bastante cerca. No quería perderla de vista. La verdad es que no era difícil seguirla. Caminaba despacio y nunca miraba hacia atrás.
Cuando María se subió al autobús, yo me subí detrás de ella. Cuando se bajó del autobús, yo me bajé detrás de ella.

Mientras íbamos en el autobús, María hablaba por teléfono con alguien. Tuve la impresión de que estaba enfadada o preocupada por algo, pero yo no estaba seguro de qué decía. Había demasiado ruido en el autobús, yo estaba demasiado lejos de ella y no la entendía bien. Solo escuchaba algunas palabras sueltas. Me pareció entender que decía "ahora no, quizás, eso nunca…" pero yo no podía saber de qué hablaba ni con quién hablaba.

Unos minutos después de bajarse del autobus, María llegó a su casa. Yo me quedé a unos metros detrás de ella, en la acera de enfrente. Desde allí, desde la acera de enfrente, la vi abrir la puerta y entrar en el edificio.

Cuando me iba, cuando estaba a punto de irme, descubrí en la basura el álbum de fotos, el álbum de fotografías que María o un cómplice suyo me había robado. Os acordáis, ¿no?
Lo cogí, claro, y me lo traje a casa.

Al principio no noté nada raro. Yo estaba contento porque había descubierto dónde vivía María (dónde vive, porque todavía vive allí) y porque había recuperado mi álbum de fotos.

Creo que ni siquiera lo abrí. Bueno, sí, cuando llegué a casa lo abrí, lo abrí un poco y le eché un vistazo rápido, sin prestar mucha atención; pero, claro, no me di cuenta de nada. Yo estaba muy cansado y solo tenía ganas de acostarme y dormir. Pero luego, al día siguiente, en cuanto me desperté por la mañana, volví a abrir el álbum de fotos. Entonces me di cuenta.

¿De qué me di cuenta?
¡Me di cuenta de que faltaban algunas fotos!
¡Faltaban fotos!
¡María había arrancado algunas fotos del álbum! ¡Antes de tirarlo a la basura, María había arrancado algunas fotos del álbum!
Bueno, no "algunas fotos". En realidad faltaban bastantes fotos. María las había despegado o las había arrancado. ¿Por qué? ¿Para qué? No lo entendía bien.

Al principio no recordaba qué fotos faltaban. Pensé que quizás había cogido algunas fotos **al azar**, como **un recuerdo** tal vez, y luego había tirado el resto del álbum.

Pero, no, no era eso. Un rato después caí en la cuenta. Tuve como una revelación. No, no había cogido las fotos al azar, seguramente las había seleccionado: probablemente había seleccionado algunas fotos para quedárselas.

¿Por qué? ¿Para qué?

¿Para qué quería María todas aquellas fotografías?

No estaba seguro.

¿María (o alguien que trabajaba para ella, un cómplice) había entrado en mi casa y me había robado el álbum de fotografías simplemente porque buscaba aquella fotografías?

¿Eso era todo?

¿Qué tenían aquellas fotografías? ¿Por qué eran especiales para María? ¿Por qué las quería? ¿Para qué las quería?

Abrí el álbum y empecé a hojear las páginas lentamente. Quería saber qué fotografías había "salvado", cuáles eran las fotografías que María se había quedado.

Poco a poco me fui dando cuenta: María había cogido solo las fotografías en las que se veía que ella y yo estábamos enamorados.

Una fotografía en la que los dos nos besábamos en un banco del parque. Se la había quedado.

Una fotografía en la que los dos paseábamos por la calle abrazados. Se la había quedado.

Una fotografía en la que los dos bailábamos juntos en una discoteca. Se la había quedado.

Una fotografía en la que los dos comíamos en un restaurante el Día de San Valentín. Se la había quedado.

Se había quedado con todas las fotografías en las que ella y yo estábamos como pareja, como novios. Se había quedado con todas la fotografías en las que se veía que los dos estábamos enamorados el uno del otro.

¿Por qué? ¿Para qué?

Me hacía todas estas preguntas cuando, de repente, sonó el teléfono.

Miré el número que había aparecido en la pantalla de mi móvil, pero no lo reconocí. Normalmente no contesto cuando no reconozco el número de teléfono de la persona que me llama. Antes lo solía hacer, pero dejé de hacerlo cuando me di cuenta de que cuando me llamaban desde un número desconocido era a menudo para venderme algo, como un móvil nuevo, un seguro de vida o un plan de pensiones.

Esta vez, sin embargo, dudaba. No sabía si contestar o no al teléfono. Quizás era solo alguien que quería venderme algo, pero también podía ser una llamada importante. No estaba seguro.

Al final decidí contestar.

Iba a decir "Hola, ¿dígame?" cuando una voz al otro lado del teléfono me interrumpió.

"¿Juan?"

Enseguida reconocí su voz. ¡Era la voz de María! ¡Era María!

Yo no podía responder. No me lo esperaba. La última persona que pensaba que podía llamarme era María. Me quedé de piedra. Abrí la boca para decir algo, pero no sabía qué decir.

Como yo no decía nada, fue ella la que continuó hablando.

Me dijo: "Sé que estás ahí. Entiendo que estés enfadado, pero…"

Entonces, finalmente, pude hablar. Le dije: "No, no estoy enfadado, solo sorprendido. No esperaba que me llamases".

Ella no dijo nada, pero **me pareció que respiraba aliviada**. Quizás pensaba que yo le iba a colgar el teléfono. Quizás tenía miedo de que yo estuviera muy enfadado con ella.

Nos quedamos los dos en silencio unos segundos, sin decir nada. Yo oía su respiración. Parecía un poco agitada, como si estuviera cansada o nerviosa.

Luego me dijo bruscamente: "¡Tenemos que hablar!".

Yo iba a decirle que hablar con ella era en realidad lo único que yo quería cuando había intentado contactarla unas semanas antes. Eso era lo único que yo buscaba desde el principio: charlar un rato, recordar los viejos tiempos, tomar un café, ver juntos las fotos viejas del álbum, **echarnos unas risas**, contarnos qué nos ha pasado estos últimos años, cómo nos va, si somos felices…

Iba a decirle todo eso, pero no le dije nada. No era el momento. Simplemente le dije: "¡Claro, cuando quieras! ¿Quedamos la semana que viene?"

122

Yo quería verla, tenía muchas ganas de verla, pero al mismo tiempo tenía miedo, estaba nervioso.

Necesitaba tiempo para pensar qué le podía decir, cómo comportarme con ella, qué preguntarle, qué contarle, qué callarme...

Después de todo lo que había pasado era importante pensar bien las cosas, tener un buen plan. Por eso me pareció que podía quedar con ella la semana siguiente. Una semana era tiempo suficiente para pensar en una buena estrategia a seguir y cuidar todos los detalles. No me podía **precipitar**.

Entonces ella interrumpió mis pensamientos y me dijo: "¿Qué tal ahora mismo? Estoy en la calle, aquí abajo."

Me acerqué a la ventana despacio, con cuidado, con precaución, casi **con temor**. Y entonces la vi. María estaba allí, en la calle, en la acera frente a mi casa. Tenía el móvil pegado a la oreja y miraba hacia arriba, hacia mi piso.

Yo la vi y ella también me vio. Los dos nos quedamos inmóviles, sin hacer nada. Ni siquiera hicimos un gesto. Solo nos mirábamos.

Finalmente ella me dijo: **"¿Subo?"**

Y yo le contesté: "Sí, sube".

Vocabulario 11

María había arrancado algunas fotos: el verbo "arrancar" significa despegar algo con un gesto violento, con agresividad, sin cuidado.

María had torn out some photos.

Al azar: por casualidad, sin ningún tipo de criterio.

At random.

Un recuerdo: un objeto que nos recuerda algo (una experiencia, un lugar, una persona, etc) del pasado.

A souvenir.

Me pareció que respiraba alividada: tuve la impresión de que se tranquilizaba.

It seemed to me that she breathed with relief.

Echarnos unas risas: reír juntos, pasar un rato divertido.

To have a few laughs together.

Precipitar: con prisa, sin prestar atención; de forma apresurada, sin reflexionar. Hacer algo sin planificarlo antes.

To rush, to be hasty.

Con temor: con un poco de miedo.

In fear.

¿Subo?: el verbo "subir" quiere decir "ir hacia arriba" (en ascensor, por las escaleras, etc).

Should I come up?

Capítulo 12

Viernes, 30 de agosto, por la mañana

¿Os acordáis de lo que os conté hace un par de días?

Un día esperé a que María saliera del trabajo y luego la seguí hasta su casa. Cuando ya estaba por irme descubrí que ella, María, había tirado el álbum de fotos, mi viejo álbum de fotos, a la basura. Lo cogí y me lo traje a casa. Os acordáis, ¿verdad?

Bueno, pues luego, al día siguiente, cuando lo abrí y empecé a hojearlo con calma, me di cuenta de que faltaban algunas fotografías. Probablemente María las había cogido, las había arrancado del álbum, y se las había quedado.

Me di cuenta de que se había quedado con fotografías en las que ella y yo estábamos juntos: nos besábamos, nos abrazábamos, bailábamos, paseábamos cogidos de la mano...

Yo no sabía para qué quería María aquellas fotos. ¿Por qué se había quedado con aquellas fotografías y había tirado las otras? ¿Para qué las quería?

No lo sabía, no podía entenderlo.

Y luego, ¿recordáis lo que pasó luego?

María me llamó por teléfono. Por primera vez en mucho tiempo escuché su voz. No me lo esperaba y me quedé muy sorprendido, me quedé de piedra. Casi no podía hablar. Me puse muy nervioso.

María me dijo que quería hablar conmigo y me preguntó si yo tenía ganas de hablar con ella.

Yo tenía muchas ganas de hablar con ella, sí. Al fin y al cabo, eso es lo único que yo había querido hacer desde el principio: hablar con ella.

Le dije que podíamos quedar la semana siguiente. Así, yo tendría tiempo de pensar un poco qué decirle o cómo comportarme con ella. Una semana me parecía **un tiempo prudencial** para poder pensar con calma.

Entonces ella me dijo que estaba allí mismo, en la calle, en mi calle, enfrente de mi casa, justo en aquel momento, y que quería subir y hablar conmigo enseguida, inmediatamente.

Me acerqué a la ventana y la vi. **Efectivamente**. Allí estaba María. En la acera de enfrente. De pie. Tenía el móvil pegado a la oreja. Los dos teníamos el móvil pegado a la oreja. Yo me había quedado de piedra y no podía decir nada. Los dos nos miramos unos segundos y luego le dije que, claro, claro, por supuesto, que podía subir.

¿Qué otra cosa podía decirle?

Fui hasta el **portero automático**, descolgué el auricular y abrí la puerta principal del edificio para dejarla entrar.
Luego **me asomé a las escaleras** y la vi subir.
Mientras María subía las escaleras, yo la esperaba arriba, sosteniendo abierta la puerta del piso con una mano para evitar que se cerrara.
Estaba muy nervioso. **Me sentía un poco mareado. El corazón me latía muy rápido.**

Mientras ella subía las escaleras, yo pensaba en muchas cosas. Miles de imágenes, miles de recuerdos, pasaron por mi mente: la primera vez que la vi en Granada, cuando los dos estudiábamos en la Universidad; la primera vez que nos besamos, su sonrisa, su forma de caminar, su forma de mirarme…

Antes de subir **el último tramo de escaleras**, antes de llegar a la última planta, a la planta en la que vivo yo, María se paró, se detuvo. Tenía la cara roja. Sudaba. Le faltaba la respiración. No podía seguir subiendo. Tuvo que pararse a descansar, a coger un poco de aire, a respirar. "¡Demasiados kilos!", pensé yo. Pero obviamente no le dije nada.

Yo la miré y ella me miró. Durante unos segundos, los dos nos miramos sin hablar. Durante unos segundos ninguno de los dos dijo nada, solo nos mirábamos. Nos mirábamos, nos estudiábamos, nos observábamos... Ninguno de los dos se atrevía a decir nada.

Recuerdo que lo primero que pensé, en cuanto la vi de cerca, fue: "¡Qué vieja está!".

Sí, lo sé, no es una cosa muy agradable, pero si tengo que ser sincero ese fue el primer pensamiento que tuve, la primera idea que se me pasó por la cabeza.

Es verdad que ya la había visto antes, en la calle, pero siempre la había visto desde atrás y no muy de cerca porque, claro, no quería que se diese cuenta de que la estaba siguiendo.

En fin, yo ya sabía que estaba muy mayor, que ya no era la chica joven que yo había conocido cuando estudiaba en la universidad. Claro, es normal. El tiempo pasa, el tiempo pasa para todos. Ya no era aquella chica guapa, delgada, con la piel tan fina que yo había conocido cuando vivía en España. No, yo ya sabía que María ya no era así.

Pero ahora que María había subido las escaleras y me miraba sin decir nada, ahora que la podía ver más de cerca, **mi decepción fue aún mayor**.

Mientras la observaba desde la puerta de mi piso, me di cuenta de que la piel de su cara había perdido brillo y estaba arrugada. Tenía muchas arrugas. Y la piel que antes era tan tersa y firme, ahora era muy flácida y se le caía. Tenía **ojeras** y bolsas debajo de los ojos. El pelo, que de joven lo tenía muy negro y brillante y siempre lo llevaba largo, ahora lo tenía corto y bastante gris, con muchas canas.

Sin embargo, lo que más me sorprendió fue que María estaba… Bueno, ¿cómo lo puedo decir? De joven, como ya he dicho antes, María era muy delgada. Siempre estaba delgada. Solía comer muchísimo, mucho más que yo, pero siempre estaba delgada. Era la más delgada de sus amigas y todas la envidiaban por eso, porque podía comer de todo (dulces, chocolate, pizza, hamburguesas, de todo) y nunca engordaba, siempre estaba delgada. Bueno, pues eso era antes. Ya no. En los últimos años, María ha engordado muchísimo. Se ha puesto muy gorda.

Y eso fue, quizás, lo que más me llamó la atención: que estaba mucho más gorda que antes, que cuando era joven.

En fin, como decía, los dos nos quedamos en silencio. Nos miramos sin decir nada durante unos segundos, estudiándonos, observándonos. Ninguno de los dos decía nada. Nos mirábamos, pero no sabíamos qué decir ni qué hacer.

Finalmente fue ella la que abrió la boca y dijo: "¿Puedo subir?"

Yo le dije: "¡Claro, claro! ¡Sube, sube!"

María, entonces, empezó a subir el último tramo de escaleras hasta mi piso. Mientras ella subía, yo pensaba "¿Y ahora qué hago? ¿Le doy un beso? ¿Le doy dos besos? ¿Le doy la mano?" No sabía cómo saludarla, no quería parecer demasiado frío, pero tampoco quería parecer demasiado **afectuoso**.
En fin, que mientras ella subía el último tramo de escaleras, yo me puse aún más nervioso. No sabía qué hacer. No sabía qué era lo correcto. No sabía cómo comportarme.

Al final fue ella la que me dio dos besos, uno en cada **mejilla**, con bastante naturalidad. Quizás estaba tan nerviosa como yo, no lo sé, pero no lo parecía. Parecía mucho más tranquila y segura que yo.

En cuanto María me dio dos besos me sentí más tranquilo. Para mí, ese momento, el primer encuentro entre los dos, había sido el momento más embarazoso, el momento más incómodo, pero una vez superado, una vez que nos dimos un beso y no saludamos, se rompió el hielo entre los dos y empecé a sentirme un poco mejor.

Le dije: "pasa, entra".

Ella entró en el piso sin decir nada. Fuimos al salón.

Me pasó la chaqueta con la mano y me dijo: "¿Puedes poner esto por ahí?" Yo la cogí, fui al dormitorio y la dejé encima de la cama.

Cuando volví al salón, María estaba todavía de pie, en medio de la habitación. Miraba las paredes, los muebles.

"¿Tienes calor?" le pregunté y ella me contestó que no, que fuera hacía calor, pero que en el piso se estaba bien.

Luego le pedí que se sentara y le ofrecí un café. Yo recordaba que ella de joven solía tomar café con mucho azúcar y le dije: "Lo siento, pero no tengo azúcar en casa... Yo nunca tomo". Y ella entonces me contestó: "No te preocupes, ya no tomo azúcar. Es por no engordar".

Mientras preparaba el café en la cocina, reflexionaba sobre aquella frase que María me acababa de decir.

La chica joven y despreocupada que se moría por todo lo dulce y que solía ponerse tres o cuatro cucharadas de azúcar en cada café, había dejado de tomar azúcar para no engordar.

Puse el café, un poco de leche y algunas galletas en una bandeja y volví al salon donde ella se había quedado esperando a que yo volviera de la cocina.

Me estaba esperando sentada en el sofá.

Cuando yo entraba, la vi mirarme de arriba abajo, desde los pies a la cabeza.

"¿Has dejado de ir al gimnasio?" me dijo, así, de repente.

Yo la miré sorprendido. Puse la bandeja sobre la mesa y le dije: "Sí, dejé de ir hace dos años. ¿Cómo lo sabes?".

Ella me dijo: "Estás más gordo y has perdido los músculos que tenías. Tienes la piel muy flácida. Estás blando. Antes estabas muy duro, pero te has vuelto muy blando. Has perdido los músculos que tenías".

María tenía razón. Yo de joven solía hacer bastante deporte. Iba al gimnasio o a correr por el parque casi todos los días.

Pero eso era antes. Ya no. Últimamente no hago mucho deporte, la verdad.

Hace un par de años me cansé. Estaba harto de ir al gimnasio. Me aburría. Así que dejé de hacer ejercicio, dejé de correr por el parque y dejé de ir al gimnasio; pero no sabía que fuera tan obvio, que se notase tanto. Ni tampoco me esperaba un comentario así de María, sinceramente. Me pareció un comentario desagradable.

Luego, añadió: "Deberías volver al gimnasio, aunque no creo que te sirva de mucho".

Yo la miré. No sabía qué responder. No acababa de entender bien lo que María me quería decir.

Como yo no decía nada, ella continuó: "Te has hecho muy viejo, Juan. Aunque vuelvas a ir al gimnasio, eso no va a cambiar. No vas a volver a ser joven. No vas a volver a tener los músculos que tenías a los 20 años".

"Tienes razón, no vale la pena", le dije yo.

"Y no te va a volver a crecer el pelo", me dijo ella.

Y **se echó a reír.**

Sí, se echó a reír.

¿Habéis entendido? Se echó a reír. Se puso a reír. Se reía de mí en mi cara. Me miraba y se reía.

Me decía: "**¡Te has quedado calvo!** ¡Se te ha caído un montón de pelo! ¡Te has quedado calvo!".

Y se reía.

Yo me enfadé un poco. Bueno, la verdad es que me enfadé bastante.

¿María se reía de mí porque me estaba quedando calvo y porque ya no tenía los músculos que solía tener de joven?

Es verdad que yo ya no soy aquel joven de 20 años guapo y musculoso de antes, pero no me parecía estar tan viejo ni tan feo.

Yo no sabía qué decir. Ella continuaba riéndose de mí. Me miraba y se reía.

Luego, cuando se calmó un poco, volvió a hablar y me dijo:

"¡Y esas arrugas en la cara! Aunque volvieras a ir al gimnasio, aunque fueras al gimnasio todos los días, aunque fueses al gimnasio dos o tres horas cada día el resto de tu vida, esas arrugas no se irían nunca de tu cara! ¡Jamás!"

Y volvió a echarse a reír.

Pero yo no. Yo no me reía.

Ella se reía, pero yo no me reía.

Vocabulario 12

Un tiempo prudencial: no demasiado lejano, no demasiado cercano.
A reasonable period of time.

Efectivamente: realmente era así. Era exactamente como había dicho María, no había mentido.
Indeed she was there.

Portero automático: teléfono que se encuentra normalmente a la entrada de un piso para hablar con la persona que llama y abrir la puerta principal del edificio.
The intercom.

Me asomé a las escaleras: abrí la puerta del piso y miré hacia las escaleras por donde estaba subiendo María.
I looked out toward the stairs.

Me sentía un poco mareado: estaba nervioso, tenía ansiedad. No podía pensar con claridad.
I felt a little sick, a little dizzy.

El corazón me latía muy rápido: el corazón iba a un ritmo muy rápido.
My heart was beating very fast.

El último tramo de escaleras: la última parte de las escaleras.
The last flight of stairs.

Decepción: desilusión, desencanto.
Disappointment.

Mi decepción fue aún mayor: mi desilusión fue mayor que antes (María estaba más vieja de lo que yo esperaba. Cuando la vi de cerca, me di cuenta de que su aspecto físico era aún peor de lo que yo había pensado. No esperaba que estuviera tan vieja).

My disappointment was even bigger.

Ojeras: marcas oscuras debajo de los ojos, resultado del cansancio o la falta de sueño.

Dark circles (under the eyes).

Afectuoso: cariñoso, que muestra amor.

Affectionate.

Mejilla: parte carnosa situada en ambos lados de la cara de una persona.

Cheek (fleshy side of the face).

Y se echó a reír: y empezó a reirse.

She began to laugh.

Te has quedado calvo: "quedarse calvo" quiere decir perder todo el pelo, quedarse sin pelo.

You've gone bald.

Capítulo 13

Viernes, 30 de agosto, por la noche

¿Os acordáis de lo que os conté esta mañana?

Hace unos días María vino a mi piso. Finalmente pude hablar con ella. Se sentó en el salon de mi casa, en el sofá, a tomar café conmigo. Os acordáis, ¿no?

Fue terrible. Fue un día terrible. Fue una experiencia terrible.

Ya os dije que empezó a reírse de mí en mi cara y a hacerme comentarios muy desagradables. ¿Os acordáis?

Me dijo que he envejecido mucho en los últimos años, que me he hecho muy viejo, que me han salido muchas arrugas, que me estoy quedando calvo, que he perdido los músculos que tenía de joven…

Y mientras me decía todas esas cosas tan desagradables, se reía. Se reía de mí en mi cara.

Y yo, la verdad, mientras ella se reía de mí y me llamaba viejo y feo, pues, claro, me sentía fatal. Trataba de fingir que no me importaba, pero, sinceramente, me sentía muy mal.

Fue terrible. Fue un día terrible. Fue una experiencia terrible.

De repente me di cuenta de que si ella a mí me había parecido muy vieja, yo también le parecía muy viejo a ella. Claro, yo había visto que ella estaba más gorda, que estaba más mayor, que tenía canas, que tenía arrugas… pero ella también lo veía en mí.

Mientras María se reía de mí, mientras me miraba, mientras me observaba y se reía de mí, yo me sentía muy mal, pero ¿qué podía decir? ¿qué podía hacer? En el fondo sabía que ella tenía razón. Por supuesto que tenía razón. Yo también me he hecho viejo. Los dos nos hemos hecho viejos.

Tenía que aceptarlo. Tengo que aceptarlo.

Hasta aquel momento yo solo había pensado en María, en cómo se había hecho vieja ella, pero no había caído en la cuenta de que yo también me he hecho viejo. Es un poco estúpido, pero es así.

Obviamente, el tiempo también ha pasado para mi. El tiempo no perdona a nadie.

¿Cómo he podido ser tan estúpido?

Mientras María me miraba y se reía, yo me sentía estúpido **por no haber caído antes en la cuenta de que** si ella se ha hecho vieja, yo también me he hecho viejo.

Y también me daba vergüenza. Sí, mientras María me miraba y se reía, yo me moría de vergüenza.

De repente me vi viejo, calvo, con la piel flácida y lleno de arrugas.

De repente fui consciente de todo el tiempo que había pasado desde la última vez que nos vimos.

De repente me hice viejo. Fue como si los veinte años que llevaba sin verla me cayeran encima **de golpe** aquella tarde.

De repente sentí todo el peso de los últimos veinte años como una enorme lápida, como la pesada **lápida** de mármol que se pone sobre las tumbas de los muertos.

Yo no sabía qué decir. Siempre he sido muy tímido y en situaciones así, **cuando alguien me toma el pelo** o cuando alguien se ríe de mí abiertamente, en mi cara, nunca he sabido cómo reaccionar.

Cogí la taza y bebí un poco de café. Quería aparentar que estaba tranquilo, pero **me temblaba la mano.**

Quería sonreír, quería aparentar que todo aquello no me importaba, que me daba igual lo que María pensara de mí, pero no podía. Tenía los músculos de la cara muy tensos. No podía fingir. No podía sonreír.

Yo nunca he sabido **fingir bien las sonrisas**.

Bueno, total, así pasamos casi media hora o una hora. Ella me miraba y me decía:

"¡Qué viejo estás! ¡Te has hecho muy viejo! ¡Te has quedado calvo! ¡Se te ha caído el pelo! ¡Te han salido muchas arrugas! ¡Te han salido muchas canas! ¡Has perdido los músculos que tenías!".

Yo bebía café y no decía nada. No sabía qué decir. Intentaba sonreír, pero no podía.

Intenté cambiar de conversación.

Le pregunté por su trabajo en Londres, le pregunté por qué había venido a Inglaterra, si le gustaba su trabajo en la cafetería, si estaba contenta, si se había casado, si había tenido hijos...

No me contestó. Fingió que no me había escuchado. Tomó su taza, bebió un poco de café y luego me dijo:

"No debería reírme de ti, Juan. **Al fin y al cabo** todos cambiamos. Yo, mira, por ejemplo, antes tomaba el café con azúcar y ahora lo tomo sin azúcar. He cambiado, ¿ves? Antes vivía en España, ahora vivo en Londres, ¿ves? Ya no soy la misma chica de antes. Antes estaba enamorada de ti, ahora ya no, ¿entiendes? He cambiado. Tú has cambiado y yo he cambiado. Tú te has hecho viejo y yo tomo el café sin azúcar... ¡Los dos hemos cambiado!"

Me quedé pensando en sus palabras. Había dicho: "Antes estaba enamorada de ti, ahora ya no".

No sé por qué, pero sus palabras me hicieron daño. Sentí una mezcla de enfado y de vergüenza. Pero tampoco esta vez supe qué decir. Y como yo no decía nada, ella continuó hablando.

"Mi padre tenía razón. Nunca le caíste bien, ¿recuerdas? A mi padre nunca le gustaste. Cuando salíamos juntos solía decirme que no le gustabas, que no le caías bien, que, según él, yo me merecía a alguien mucho mejor, mucho mejor que tú; que tú **eras muy poquita cosa** para mí; que tú ni eras guapo, ni eras inteligente, ni tenías educación, ni tenías futuro… ¡Y tenía razón!

Yo de joven pensaba que mi padre estaba equivocado. Todos los hijos piensan que sus padres se equivocan, que no entienden nada, pero ahora he comprendido que mi padre tenía razón. Sí, Juan, mi padre tenía razón. Yo me merecía a alguien mucho mejor que tú.

Ahora que te he visto de cerca, ahora que te veo de cerca, ahora lo veo muy claro: yo me merecía a alguien mucho mejor que tú".

Escuchándola, yo me quedé de piedra. Ya os lo podéis imaginar. Ella ha sido la mujer de mi vida.

Después de María he conocido otras mujeres, pero en todas las chicas que he conocido después, ahora me doy cuenta, la he buscado siempre a ella.

Sí, en todas las chicas que he conocido a lo largo de los últimos 20 años he buscado siempre otra María. En realidad creo que no he dejado de estar enamorado nunca de ella. Sí, ahora me doy cuenta. Llevo más de veinte años enamorado de María.

Bueno, me he dado cuenta de todo eso, no ahora: me di cuenta aquel día, mientras ella se reía de mí aquí, en el salón de mi casa.

En fin, no quiero aburriros con mis problemas.

Para abreviar un poco la historia, os diré que luego me contó que ahora vive en Londres con su pareja, un chico cubano, joven, moreno, fuerte, con un cuerpo atlético… Creo que tiene 15 o 20 años menos que ella, no sé. Un jovencito, vamos. Me dijo que se conocieron en La Habana y que se enamoraron en cuanto se vieron.

"¡Fue amor a primera vista!" me dijo María.

Y también me dijo que había venido a Londres por él. Para estar con él, con el cubano.

Entonces, yo le dije: "Fue tu novio el que entró en mi apartamento para robarme el álbum, ¿verdad?"

María abrió muchos los ojos. Parecía sorprendida por mi pregunta. Me miró un instante sin decir nada y luego volvió a echarse a reír: "¿Estás loco? Mi novio no sabe nada de ti. Mi novio no sabe que tú y yo salíamos juntos, que fuimos novios… Ni siquiera sabe que existes. Nunca le he hablado de ti. Lo nuestro, Juan, ya terminó, terminó hace muchos años. Y yo, por supuesto, nunca le he dicho nada de ti, de que estuvimos juntos. Ni quiero que lo sepa, la verdad. ¡Qué vergüenza! ¡Me moriría de vergüenza!".

"¿Entonces? ¿Quién fue? ¿Quién entró en mi casa y me robó el álbum?" le pregunté yo, humillado.

"¡Mi padre, por supuesto!" Me contestó ella con una gran sonrisa.

Entonces, María me lo contó todo. Por lo visto, su padre la llamó por teléfono para avisarle de que yo intentaba localizarla aquí en Londres.

Os acordáis, ¿no? Yo había llamado a sus padres en España porque quería hablar con ella y, bueno, parece que su padre, que me ha odiado siempre, no sé por qué, la llamó para avisarle de que yo estaba intentando localizarla.

Cuando su padre la llamó y le contó que yo vivía aquí en Londres y que estaba intentando dar con ella, a María le dio mucho miedo. Miedo y vergüenza.

Sí, le dio mucho miedo porque pensaba que si el cubano, su novio de ahora, **se enteraba de que yo quería dar con ella**, podía hacer alguna locura. Parece que es un tipo muy celoso.

Y además le daba vergüenza. Sí, eso me dijo María. Me dijo que se avergonzaba de mí. Así de claro. En mi cara. Me dijo que no quería que sus amigas o sus compañeros de trabajo supieran que yo había sido su novio. No quería que nadie supiera que había salido conmigo, con un viejo calvo, feo y ridículo.

Entonces, bueno, ¿sabéis qué hizo su padre? Pues, su padre cogió un avión y **se plantó en Londres al día siguiente.**
Eso hizo.

¿Habéis entendido? El padre de María vive normalmente en España, pero cuando se enteró, cuando supo que su hija no quería verme, cuando María le dijo que no quería que ni el cubano ni nadie supiera que ella y yo habíamos sido novios de jóvenes, entonces, el tío cogió un avión y se vino a Inglaterra para ayudar a su hija, para evitar que yo diese con ella, para hacer todo lo posible para que yo no la encontrase.

Es increíble, ¿no?

¡Qué fuerte!

¡El tío se vino a Londres para ayudar a su hija y evitar que yo diera con ella, que la encontrase!

¿No os parece increíble? ¡Qué fuerte!

Los dos se pusieron de acuerdo para que yo no pudiera localizarla.

¡Y también se pusieron de acuerdo para robarme el álbum, mi álbum de fotos!

Me robaron el álbum de fotos porque querían destruir todas las pruebas de que nuestro amor había existido. Entre los dos, entre María y su padre, planearon aquella cita falsa conmigo para robarme el álbum y así poder romper todas las fotografías en las que se nos veía a los dos juntos.

¿No os parece increíble? ¡Qué fuerte!

Yo me quedé alucinando. Cuando María me contó toda esta historia yo me quedé de piedra. Estaba alucinando. No podía creer lo que me estaba diciendo.

Querían borrarme de sus vidas completamente. Querían cambiar la historia, la historia de sus vidas. No querían que nadie supiera que yo había sido el novio de María.

¡Qué fuerte!

Entonces caí en la cuenta. Entonces comprendí todo. María se avergonzaba de mí. Se avergonzaba de haber salido conmigo y no quería que nadie lo supiera.

Como os podéis imaginar, mientras María me contaba todo esto yo me sentía muy mal, me sentía humillado.

La mujer de mi vida, la mujer de la que siempre he estado enamorado apasionadamente, secretamente, inconscientemente; la mujer que ha sido el amor de mi vida me dice que se avergüenza de mí, que se avergüenza de haber salido conmigo, que le da vergüenza que sus amigos sepan que un día estuvo enamorada de mí…

¡Qué fuerte!

En fin, al cabo de un rato, María se levantó del sofá.
"Dame la chaqueta, por favor, se ha hecho tarde y me tengo que ir. Jorge se preocupa mucho si tardo en volver a casa".
Me imaginé que Jorge era el cubano, claro.

Yo fui al dormitorio y volví con la chaqueta. Cuando regresé ella ya había abierto la puerta del piso. Tenía prisa por irse. Quería salir de mi piso **cuanto antes**. Quería salir de mi piso y de mi vida cuanto antes.

María se puso la chaqueta, pero antes de empezar a bajar las escaleras se dio media vuelta, me miró y me dijo: "¡No vuelvas a llamarme, por favor! ¡No vuelvas a seguirme, no vuelvas a molestarme! ¡No quiero volver a verte!".

Yo me quedé allí arriba, en la puerta del piso, sin decir nada, mirándola bajar las escaleras.

Luego, de pronto, antes de llegar a la puerta de la calle, María giró la cabeza de nuevo, miró hacia arriba, hacia donde yo estaba, y me gritó:

"¡Y deja de hacer el ridículo en YouTube! Ya no eres un chico joven, por el amor de Dios! ¿Es que no tienes sentido del ridículo?"

Esa última frase fue la que **terminó por hundirme totalmente**. No sé si sabéis que yo hago vídeos para enseñar español en YouTube.

Entonces pensé: "¡Oh, no, María ha visto los vídeos que hago para YouTube y piensa que estoy haciendo el ridículo!".

De repente caí en la cuenta. Ese era el gran problema. Eso era lo que María no podía soportar: que yo hiciera videos en Youtube, como si tuviera ahora 16 años, como si fuera un adolescente.

Se avergüenza de mí, le parezco un viejo patético y ridículo y no quiere que ni el cubano ni ninguno de sus amigos sepan que una vez estuvimos enamorados, que una vez nos quisimos.

¡Qué fuerte!

Como ya os podéis imaginar, cuando me dijo todo aquello, cuando me hizo aquel comentario sobre mis vídeos en YouTube, me sentí fatal. Me quedé hecho polvo.

Todo fue terrible. Fue una experiencia terrible, humillante. Fue el peor día de mi vida.

Y embarazoso. Todo fue muy embarazoso.

Cuando por fin me quedé solo, la primera cosa que pensé fue que María tenía razón: "Me he convertido en un viejo ridículo, calvo, con la piel llena de arrugas y flácida, sin músculos. Un viejo patético que hace vídeos en YouTube como si fuera un adolescente de 16 años".

Me quedé hecho polvo. Me dieron ganas de bajar a comprar tabaco y una botella de güisqui para emborracharme. Quería olvidarme de todo. Estaba convencido de que María tenía razón y que lo mejor que podía hacer era borrar todos mis videos de YouTube y aceptar de una vez por todas lo que soy: un viejo.

Vocabulario 13

Por no haber caído antes en la cuenta de que: por no haber comprendido antes que...

For not having realized earlier that...

De golpe: de repente.

Suddenly; all at once.

Lápida: losa que se coloca sobre una tumba con el nombre del muerto, la fecha de la muerte, etc.

Tombstone, headstone, gravestone.

Cuando alguien me toma el pelo: cuando alguien se ríe de mí, se burla de mí.

When someone makes fun of me.

Me temblaba la mano: mi mano se movía sin control. No podía evitar que mi mano se moviese.

My hand was shaking.

Fingir bien las sonrisas: hacer una sonrisa falsa, sonreír sin ganas.

(I never could) fake a smile well.

Al fin y al cabo: en el fondo, después de todo.

After all, at the end of the day.

Eras muy poquita cosa: no eras importante, eras insignificante.

You were a nothing, a zero.

Se enteraba: llegaba a saber.

He found out.

Se enteraba de que yo quería dar con ella: llegaba a saber que yo quería encontarla.

He found out that I wanted to find her.

Se plantó en Londres al día siguiente: se fue a Londres (de improviso, de forma improvisada).

He made it to London the following day.

¡Qué fuerte!: ¡Increíble! ¡Alucinante! ("¡Qué fuerte!" suele usarse cuando algo nos sorprende mucho).

Unbelievable!

Yo me quedé alucinado: me quedé muy soprendido.

I was astonished; I was gobsmacked.

Querían borrarme de sus vidas: querían hacerme desaparecer de sus vidas.

They wanted to erase me from their lives.

Cuanto antes: inmediatamente, de prisa, tan pronto como fuera posible, etc.

As soon as possible.

Terminó por hundirme totalmente: acabó por hacerme sentir fatal.

(That was what) totally destroyed me.

Epílogo

Viernes, 27 de septiembre, por la noche

¿Estabais preocupados?

¿Estabais preocupados por mí?

La verdad es que estos últimos días lo he pasado bastante mal. Después de hablar con María, después de escuchar todo lo que me dijo, me quedé hecho polvo.

Estuve varios días sin salir de casa. No tenia ganas de ver a nadie. Estaba tan hecho polvo, estaba tan triste, que más de una vez estuve a punto de ir al supermercado y comprar un paquete de cigarrillos. Estaba tan mal que solo tenía ganas de fumar y de beber, como cuando era joven.

Ya lo he dicho antes, ¿no? Yo de joven fumaba y bebía mucho, pero lo dejé. Hace muchos años dejé de fumar. Me costó mucho esfuezo, pero lo conseguí. Ya llevo, creo, unos treinta años sin fumar. Es algo de lo que me siento muy orgulloso.

Pero después de ver a María me quedé tan mal, me quedé tan hecho polvo, que durante las últimas semanas más de un día he estado tentado de bajar a la calle a comprar cigarrillos y alcohol. Quería fumar y emborracharme para olvidar, para olvidarme de ella y de todo lo que me dijo el día que vino a mi casa.

Pero luego pensé: ¿Volver a fumar? ¡No! ¿Volver a beber otra vez, como antes? ¡No! ¡No vale la pena! No vale la pena en absoluto.

En el fondo yo soy bastante fuerte.

A veces en la vida me han pasado cosas desagradables, cosas tristes que me han hecho mucho daño... Bueno, a mí y a todos, supongo. ¿A quién no le ha dejado nunca su novio o su novia? ¿Quién no ha perdido nunca un trabajo o le han dicho algo desagradable? A todo el mundo le pasan cosas desagradables, ¿no?

Pero hay que sobreponerse. Hay que mirar las cosas con perspectiva, hay que tomar una cierta distancia. Hay que sobreponerse a las dificultades y a los golpes que nos da la vida. Y eso es lo que he hecho yo: me he sobrepuesto.

Bueno, sí, los primeros días fueron terribles. Tengo que confesar que los dos o tres primeros días después de la visita de María estuve un poco mal. Lo pasé mal unos días, sí. Pero enseguida me recuperé, me sobrepuse.

A mí, como digo, ya me han pasado algunas cosas desagradables en la vida. Este último encuentro con María fue muy duro y lo pasé muy mal, pero no ha sido la primera vez que lo he pasado mal en mi vida, no, y, bueno, lo he superado rápido: un par de semanas más tarde ya me había olvidado de todo.

¿Volver a fumar? ¡No, gracias! No vale la pena.
La vida es demasiado corta para ponerse triste por una tontería así. Si ella quiere estar con su cubano, si no quiere saber nada de mí, si se avergüenza de mí…

¡Que le den! ¡Que le den a ella, al cubano y a su padre! Menuda familia de petardos, ¿no?

Sí, estos días he estado pensando, reflexionando y dándole muchas vueltas en la cabeza a todo lo que me ha pasado estas últimas semanas. Y he llegado a la conclusión de que María, en el fondo, es una petarda. Sí, una petarda. Una persona que no es ni inteligente, ni interesante, ni divertida: ¡Una petarda!

He pensado en todo lo que me dijo, en todas las cosas tan feas que María me dijo el día que vino a verme, y en todo lo que ha hecho estas últimas semanas para engañarme, para entrar en mi casa y robarme el álbum, para romper las fotos antiguas en las que salíamos los dos juntos.

También he pensado mucho en todo lo que me dijo para hacerme sentir mal y reírse de mí porque me he hecho viejo, porque me han salido arrugas y canas, porque he perdido el pelo, porque según ella soy demasiado viejo y feo para hacer videos en YouTube... He pensado en todo eso, en todo lo que ha hecho y en todo lo que me dijo el día que vino a mi casa y, bueno, sí, he llegado a la conclusión de que es una petarda, que yo me merezco algo mejor. Sí, yo me merezco algo mejor que tener una persona así a mi lado.

A lo largo de mi vida he conocido a algunas personas así. Ahora creo que las llaman "personas tóxicas": gente que te hace daño por envidia, por celos, por... por cualquier cosa.
Se trata de gente negativa, gente siempre dispuesta a criticarte por todo: por cómo vistes, por cómo hablas, por lo que haces, por lo que no haces, por lo que dices, por lo que no dices, por lo que tienes, por lo que no tienes, por lo que eres, por lo que no eres...

Creo que María se ha convertido en alguien así, en una persona tóxica. Y yo no quiero personas tóxicas a mi lado. No, no las quiero. A mí lado solo quiero gente sana, sana mentalmente. Quiero estar con gente que me haga sentir bien. Quiero estar con gente que me transmita buenas vibraciones; gente alegre que me transmita su alegría. Quiero estar con gente que me haga feliz, no infeliz.

María antes no era así, no. Ella antes no era una persona tóxica, nunca se comportó con nadie como se comportó conmigo el día que vino aquí, a mi casa. De joven, María era una chica dulce, sencilla, muy sana mentalmente.

Ha cambiado, sí, ha cambiado mucho. Y no solo porque haya engordado o porque se haya hecho más vieja. No, eso es lo de menos. Ha cambiado porque se ha vuelto una persona negativa. La María que vino hace unos días a reírse de mí en mi cara no era la María que yo conocía. No. Son dos personas diferentes, diferentes como el día y la noche.

¿Sabéis lo que os digo? ¡Que le den! ¡Que le den a ella, que le den al cubano y que le den a su padre! Todavía no he descubierto, por cierto, por qué yo nunca le he caído bien a su padre; pero, bueno, ya me da igual... que le den a él también.

En fin, ¿sabéis lo que voy a hacer? Pues nada, me he apuntado al gimnasio, sí, a un gimnasio que hay aquí cerca de mi casa. Ya he ido tres veces esta semana. Fui anteayer, fui ayer y también he ido esta mañana.

Y ya me siento mucho mejor. ¡Ah, y otra cosa! Me he puesto a mirar otra vez el álbum de fotos y he descubierto, he descubierto algo de lo que no me había dado cuenta antes.

En algunas fotos hay una chica, una chica que yo conocí en un curso de inglés, un curso de inglés que hice en Granada antes de venir a Londres. Sí, esa es una historia que no sabéis, pero unos meses antes de venir a Londres yo hice un curso de inglés para prepararme un poco, para mejorar mi inglés antes de venir a Inglaterra.

En fin, en ese curso conocí a una chica muy maja. Me caía muy bien y creo que yo a ella también le caía bien. El caso es que, bueno, como yo me vine a Londres, pues ya no la volví a ver; no nos volvimos a ver nunca más. Pero ayer...

Ayer, mirando otra vez el álbum, descubrí una fotografía que nos hicimos con el profesor de inglés todos los estudiantes de la clase al final del curso, como recuerdo.

Éramos catorce. Había ocho chicas y seis chicos. Recuerdo que aquel día, el último día del curso, fue un día un poco triste. Al menos fue un día triste para mí porque sabía que no iba a volver a ver a Rosa, aquella chica de la clase que tanto me gustaba y me caía tan bien.

Y ayer, mirando aquella foto, me puse a recordar y a pensar. Recordé que el último día que la vi me dijo que ella también estudiaba inglés porque quería venirse a Londres y pensé: "¿Quién sabe qué hizo Rosa cuando terminamos el curso? ¿Aprendió inglés? ¿Se vino a Londres? ¿Se quedó en Granada?"

Anoche, mirando su foto, me hacía muchas preguntas. Me preguntaba si realmente aprendió inglés, si realmente vino a Londres y, claro, también me preguntaba dónde estará ahora... ¿En Granada? ¿En Londres? ¿Dónde?

¿Y sabéis qué? ¡La he encontrado! Sí, esta mañana, en cuanto me levanté, la busqué en internet y vi su perfil en Facebook.

Como os podéis imaginar, me puse muy contento.
Así que, bueno, ¿queréis saber qué hice? Pues, obviamente le pedí enseguida su amistad, le pedí su amistad en Facebook.

¿Y sabéis qué ha pasado? ¡Me ha contestado! ¡Sí, me ha contestado y me ha dicho que se acuerda de mí, por supuesto, que se ha acordado de mí muchas veces estos años!

¿No os parece increíble? ¡Qué fuerte!

Hemos pasado toda la tarde chateando en Facebook. Me ha dicho que se casó, pero que luego se separó de su marido, que tuvo una hija, que sigue viviendo en Granada y que trabaja en una agencia de viajes.

¿Y sabéis qué? ¡Me ha dicho que hace tiempo que ve mis videos en YouTube y que le encantan! ¡Dice que se los ha visto casi todos!

¿No os parece increíble? ¡Qué fuerte!

Luego me ha dicho que su trabajo en la agencia de viajes le encanta, que aunque vive en Granada viaja mucho a otros países y que, de hecho, a Londres viene muy a menudo. Es más, me ha dicho que va a venir a Londres con un grupo de turistas el mes que viene. Y, por supuesto, hemos quedado.

Dice que tiene muchas ganas de verme. Dice que se acuerda muy bien de mí, que yo le caía muy bien…

En fin, que hemos quedado en vernos, tomar un café y charlar un rato la próxima vez que venga a Londres. Le he preguntado que si le gustaría salir en algunos de mis videos y me ha dicho que sí, que le encantaría, que para ella sería un placer colaborar conmigo.

Como os podéis imaginar, yo estoy supercontento.

¿Sabéis qué he hecho después? ¿Sabéis qué he hecho esta tarde, después de hablar con ella? He ido a la perfumería y me he comprado varias cremas para la cara.

Después de lo que me dijo María, creo que tengo que empezar a cuidarme un poco, ¿no?

Así que, nada, muchas gracias por seguirme en mi aventura con María. No ha salido bien, pero no importa. Ya no estoy pensando en ella. Ya la he olvidado ¡Ahora estoy pensando en Rosa!

Quizás algún día os cuente la historia de Juan y Rosa, quién sabe.

Ahora me voy a la cama. Mañana quiero levantarme muy temprano para ir al gimnasio. Necesito estar en forma para mi próxima cita.

Fin de

FANTASMAS DEL PASADO

HABLAR DEL PASADO

This story was originally released as a series of short videos for the online Spanish course HABLAR DEL PASADO. The main purpose of the videos, which feature live narration of the story, was to show the use of the past tenses in context.

The story appeared in the course with the original title of **Juan y María: una historia del pasado.**

VÍDEOS EN YOUTUBE

Español Con Juan:
vídeos en español para aprender español

Español Con Juan es una canal en Youtube para ayudarte a aprender o mejorar tu español.

En **ESPAÑOL CON JUAN** puedes encontrar:

1. **Vídeos solo en español**: porque para mejorar tu español tienes que escuchar a nativos hablando en español, no en inglés.

2. **Historias**: la mayoría de mis vídeos no son lecciones tradicionales de gramática y vocabulario. Normalmente hacemos juegos o contamos historias para ayudarte a aprender gramática y vocabulario en contexto.

MORE STORIES

I hope you enjoyed reading **FANTASMAS DEL PASADO** and find it useful for your Spanish.

Reading this kind of short stories (they are called "Lecturas Graduadas" in Spanish) is one the most efficient and enjoyable ways I know to learn and improve your Spanish.

The language used in these short stories has been adapted according to different levels of difficulty, and will help you revise and consolidate your grammar and vocabulary.

If you would like to read some more stories in Spanish, check our website. We have a few more Spanish short stories that may interest you:

https://www.1001reasonstolearnspanish.com/historias-para-aprender-espanol/

FREE ONLINE ACTIVITIES

If you want to learn or improve your Spanish, have a look at our blog. We have many interesting activities and resources (vídeos, audios, online courses, interactive exercises, games, etc) to help you learn or improve your Spanish.

To see all these activities, please open this link:

https://www.1001reasonstolearnspanish.com/

ABOUT THE AUTHOR

Juan Fernández teaches Spanish at University College London and is also the creator of 1001 Reasons To Learn Spanish, a website with videos, podcasts, games and other materials to learn Spanish in an interesting and enjoyable way.

www.1001reasonstolearnspanish.com

BEFORE YOU GO

Before you go, I would like to ask you a great favour:

PLEASE, GIVE ME SOME FEEDBACK!

Feedback from my readers is imperative for me, so I can improve and get better at writing stories and creating learning materials for Spanish students.

For that reason, **I would like to ask you to write an honest review for this book on Amazon**. I will read it with utmost interest and, of course, your opinion will be very useful to help other Spanish learners decide whether this book is right for them or not.

Thank you!

Juan Fernández

Printed in Great Britain
by Amazon